Friedrich Ani

Wie Licht schmeckt

Lukas möchte drei Tage lang alleine durch die Stadt streifen. Er gönnt sich Pommes frites und Cola, hängt einen lästigen Freund ab und besucht seinen skurrilen Großvater. Als er bester Laune eine Rolltreppe in falscher Richtung hinunterspringt, stößt er mit einem Mädchen zusammen.
Sonja ist siebzehn, jobbt als Kellnerin und geht gern ins Kino. Obwohl sie blind ist, lädt sie Lukas ins Schwimmbad ein. Und dort passiert das Unglaubliche: Weil Lukas nicht richtig schwimmen kann, verliert er den Halt unter den Füßen und ertrinkt beinahe. Im letzten Moment kann Sonja ihn retten.
Von da an ist für Lukas nichts mehr so, wie es war. Plötzlich sieht er die Welt mit anderen Augen.

Friedrich Ani, geboren 1959 in Kochel am See, schreibt Gedichte, Erzählungen, Romane und Drehbücher und wurde mehrfach mit Stipendien und Preisen ausgezeichnet.

Friedrich Ani

Wie Licht schmeckt

Roman

dtv

Unterrichtsmaterial zu ›Wie Licht schmeckt‹
zum kostenlosen Download unter
www.dtv.de

MIX
Papier | Fördert
gute Waldnutzung
FSC® C019821

15. Auflage 2025
2005 dtv Verlagsgesellschaft mbH & Co. KG
Tumblingerstraße 21, 80337 München
produktsicherheit@dtv.de
Lizenzausgabe mit freundlicher Genehmigung der
Carl Hanser Verlag GmbH & Co. KG, München

Umschlaggestaltung: Peter Andreas Hassiepen unter Verwendung
eines Fotos von gettyimages/Andric Productions
Gesetzt aus der Caslon 11/13·
Satz: Greiner & Reichel, Köln
Druck und Bindung: Druckerei C.H.Beck, Nördlingen
Printed in Germany · ISBN 978-3-423-62224-0

1

Als Erstes kaufte ich mir einen Cheeseburger, Pommes und eine große Cola. Es fing schon wieder an, heiß zu werden, und ich konnte gar nicht genug schwitzen. Ich fand, schwitzen war die absolute Art, am Leben zu sein.

Seit ich an diesem Morgen von zu Hause weggegangen war, hatte ich lauter solche Gedanken.

Um halb sieben war ich aufgestanden und um halb acht schon auf der Sonnenstraße. Und als ich am Sendlinger-Tor-Platz aus der Straßenbahn stieg, dachte ich: Anfang, das ist der Anfang, es fängt an, es fängt vielleicht an. Natürlich war das eine Anspielung auf Beckett, aber wieso sollte ich nicht in Anspielungen denken? Ich konnte denken, was ich wollte, ich brauchte nur hinzuhören. Mein Kopf platzte vor Gedanken und ich ging einfach drauflos. Die Worte meiner Mutter hatte ich schon fast vergessen, und was meinen Vater betraf, so versuchte ich alles, was er zu mir sagte, in Mikrosekunden wieder zu vergessen.

»Das ist nicht gut«, sagte meine Mutter immer, wenn ich ankündigte, den ganzen Nachmittag allein in der Stadt zu verbringen. Sie hatte Angst, ich würde mich verlaufen, Kinderschändern in die Hände fallen, von einem Auto überfahren werden, verhungern, erfrieren, drogensüchtig werden und was einem sonst noch alles zustieß, wenn man als Vierzehnjähriger durch eine Stadt wie diese streifte, ohne Bodyguards oder Eltern.

Ich sagte jedes Mal: »Ich pass schon auf.«

Daraufhin pflegte mein Vater etwas in der Art zu sagen: »Deine Mutter findet das nicht gut.«

Während ich auf einem der Steine vor dem sprudelnden Stachus-Brunnen hockte und meine Pommes aß, hörte ich mich sagen:

»Ich pass schon auf.«

Vielleicht gefielen mir die Stücke von Beckett deshalb so gut, weil darin gesprochen wurde wie bei uns zu Hause.

»Das ist nicht gut.«

»Ich pass schon auf.«

»Deine Mutter findet das nicht gut.«

»Ich pass schon auf.«

Schweigen.

Schweigend beendete ich mein Frühstück. Um mich herum rannten Leute zur Arbeit, Touristen versammelten sich zu Gruppen, Jugendliche tauschten Zigaretten und andere Sachen. Zum Glück war keiner aus meiner Schule dabei. Ich wollte, dass mich niemand sah. Das war mein Tag, ich wollte allein sein und mein Alleinsein für mich allein haben.

»Alter, was machst du da, Alter?«

Die Stimme schlug mir in den Nacken wie ein nasses Handtuch. Er hatte sich von hinten an mich rangeschlichen, ritzte sein typisches schiefes Grinsen ins Gesicht und ließ sein Zippo auf- und zuschnappen.

»Hi, Rico«, sagte ich.

»Lucky Luke!«, rief er, warf das Feuerzeug in die Luft, fing es auf und steckte es ein. Sensationell. Auf dem Schulhof machte er das andauernd, schnapp-schnapp-schnapp, werfhoch, steckein. Fünf Minuten später: Schnapp-schnapp-schnapp, werfhoch, steckein. Wenn er wenigstens zwischendurch geraucht hätte! Aber Rico rauchte nicht, er kaute bloß Streichhölzer, was perfekt zu seinen nach hinten gegelten Haaren passte. Natürlich gab es ungefähr hundert Schnepfen, die diesen Angeber bewunderten, sie hätten ihm sein Zippo poliert, wenn er es von ihnen verlangt hätte.

Ich sagte nichts. Ich grinste nicht. Ich saß auf dem Stein, stocherte mit dem Strohhalm im leeren Becher und dachte: *Die Sonne schien, da sie keine andere Wahl hatte, auf nichts Neues.* Vor zwei Tagen hatte ich begonnen, einen Roman von Beckett zu lesen, nach den ersten fünf Seiten hörte ich auf, weil ich total verwirrt war. Doch als Rico vor dem Stachus-Brunnen auf mich herunterquatschte, fielen mir ein paar Sätze aus dem Buch ein, zum Beispiel dieser allererste mit der Sonne, und ich hatte plötzlich eine Ahnung, worum es in der Geschichte vielleicht ging. Um was genau, hätte ich nicht sagen können, aber ich begriff, dass es um etwas Konkretes ging, dass der Roman nicht halb so abgedreht war, wie er auf den ersten Blick wirkte.

Wahrscheinlich täuschte ich mich. Wahrscheinlich war er noch viel abgedrehter, als ich glaubte, und ich bildete mir nur etwas ein. Aus Notwehr. Um diesem Schwätzer von Rico nicht zuhören zu müssen.

»... das Geschirr kannst du mit'm Staubsauger aufsaugen, da ist nichts mehr übrig, blöderweise ist der blöde Staubsauger kaputt, weil sie ihn beim letzten Mal gegen die Wand geknallt hat, da ist jetzt 'n Loch drin, inner Wand, da kannst du zwei Hände reinschieben, Alter …«

Nach ungefähr einer Stunde stand ich auf und sagte: »Ich muss los.«

»Warte, ich bin doch grad erst gekommen …«

Für mich war mindestens eine Stunde vergangen. Und ich hatte keine Zeit zu verlieren.

»Was soll die Eile?«, rief er.

Ich sagte: »Hab eine Verabredung.«

»Mit wem?«

»Geheim.«

»Putz dir mal die Zähne«, sagte Rico.

Ich ging in Richtung McDonald's, um meinen Müll in den Eimer zu werfen. Rico lief neben mir her. Er warf sein Zippo in die Luft und fing es mit einer Hand auf. Das Training zahlte sich aus, normalerweise brachte er das Kunststück nur, wenn er still dastand.

»Ich hab mich mit Max und Georgi verabredet, wir fahren raus zum Baden«, sagte er. »Kannst mitfahren.«

»Nein«, sagte ich, wischte mir die Hände an der Jeans ab und gab Rico einen Klaps auf die Schulter. »Ich hab was vor, sag ich doch.«

»Pass auf, Alter!«, rief er mir hinterher, »solche wie du wer'n später Singles!«

Einen Moment dachte ich, er käme mir nach. Aber es war bloß der Wind, der Ricos dämliche Stimme hinter mir herfegte.

Ein Ziel hatte ich nicht. Und ich brauchte auch keins. Heute war mein Geburtstag und ich war absolut frei. Und nicht nur heute. Auch morgen und übermorgen. Das war mein Wunsch gewesen, den ich mir jetzt selber erfüllte. Drei Tage rumlaufen. Wo ich will. Und abends nicht nach Hause. Es war Sommer und ewig hell.

Als ich vor einer Woche meiner Mutter auf der Terrasse gesagt hatte, was ich mir wünschte, wurde sie blass. Ich befürchtete schon, sie hätte einen Schock und ich müsse den Notarzt rufen. Aber dann aß sie weiter ihr Eis, ich trank meine Limo und wir sahen uns an. Mehrere Bienen und eine Hummel versuchten was vom Eis und von der Limo abzubekommen, was zur Folge hatte, dass ich zwei Bienen mit dem *Endspiel* todunglücklich machen musste. Die Reste, die an meinem Taschenbuch klebten, kratzte ich an der Unterkante des Tisches ab.

Mit einem Papiertaschentuch wischte sich meine Mutter über den Mund. »Was willst du denn machen drei Tage lang? Das ist doch langweilig. Und Angst hab ich auch, dass dir was passiert.«

»Ich weiß nicht, was ich machen werd, einfach nur rumlaufen. Den ganzen Tag, ich schau so rum, ich fahr mit der Tram von einem Ende zum andern. Da sind überall Leute, da passiert mir nichts.«

»Das ist ein Wunsch, der mir nicht gefällt«, sagte meine Mutter.

»Das ist ein toller Wunsch«, sagte ich, »er kostet dich und Papa keinen Cent. Ich hab noch fünfzig Euro von Großvater, die geb ich aus, wenn ich will.«

Der Vater meines Vaters arbeitete als Kellner und schenkte mir manchmal sein Trinkgeld von einer Woche. Das war die offizielle Version. In Wahrheit wettete Opa Johann auf Pferde. Er hatte oft Glück und einen kleinen Teil seines Gewinns verschenkte er gelegentlich an mich. Aber das durfte ich nicht wissen. Meine Eltern waren überzeugt, ich würde glauben, dass ein achtundsechzigjähriger hinkender Mann noch jeden Tag in einem Lokal herumlief und Gäste bediente. Seltsamerweise hatte er jedes Mal frei, wenn ich ihn besuchte. Er saß dann am Stammtisch, trank Weizenbier und ich dachte: Wenn mein Vater bayerischer Meister im Nichtreden war, dann war sein Vater mindestens Champions-League-Sieger.

»Das ist nicht gut«, hatte meine Mutter vor einer Woche gesagt. Und dasselbe sagte sie einen Tag vor meinem Geburtstag noch einmal. Und fügte hinzu: »Nein!«

Sie machte einen total niedergeschlagenen Eindruck und ich war nahe dran, ihr den Wunsch zu erfüllen, mir meinen Wunsch nicht zu erfüllen.

Doch ich konnte nicht. Ich konnte nicht. Konnte einfach nicht.

Also haute ich am nächsten Morgen ab. Zettellos.

Heute denke ich manchmal, vielleicht hatte meine Mutter Recht mit ihrem kosmischen Gerede, vielleicht gibt es tatsächlich Dinge, von denen man spürt, man muss sie tun, du weißt nicht, wieso, du hast keine vernünftige Erklärung, du weißt nur, es muss sein, es muss um alles in der Welt so sein und nicht anders. Und später begreifst du: Es hatte einen Sinn, es gibt einen Zusammenhang zwischen dem, was du unter allen Umständen willst, und dem, was geschieht. Als würde eine Verbindung bestehen zwischen deinem Willen und einem Ereignis, das mit deinem Willen unmittelbar gar nichts zu tun hat, das dann aber dein ganzes Leben verändert.

Alles, was ich wollte, war, drei Tage durch die Stadt zu kreisen, einfach so, aus Spaß, wie Wladimir und Estragon auf ihrer Landstraße. Natürlich wollte ich nicht verprügelt werden und so was.

Kurz vorm Einschlafen in der Nacht, bevor ich abhaute, weckte mich mein Vater. Normalerweise kam er nie in mein Zimmer. Wenn er etwas von mir brauchte, klopfte er an, und wenn ich nicht öffnete, versuchte er es später wieder.

Diesmal hatte er nicht geklopft.

»Deine Mutter weint«, sagte er.

»Ich weiß«, sagte ich.

Meine Bemerkung verwirrte ihn. Er hatte kein Licht angemacht und in der Dunkelheit wirkten seine großen Augen wie die einer Eule, die in einem Gebüsch hockt.

»Einen Tag kannst du gehen, aber nicht drei hintereinander«, sagte er mit knurrender Stimme.

Ich wusste, das war das Höchstmaß an Autorität, das er aufbringen konnte.

»Nein«, sagte ich.

Dann zog ich die Decke bis zum Kinn hoch und vergrub meinen Kopf im Kissen. Mein Vater rührte sich nicht von der Stelle.

Ich dachte an Hamm, der auch nicht aus seinem Kabuff rauskam.

Irgendwann ging mein Vater aus dem Zimmer und schloss die Tür.

2

Der Tag, an dem ich vierzehn Jahre alt wurde, war ein Mittwoch. Meine Mutter sagte, ich sei an einem Mittwoch geboren worden, und ich fragte sie, was das bedeute.

»Nichts«, sagte sie.

Wenn sie schlecht gelaunt war, sagte sie oft »Nichts«. Der Grund für ihre miese Stimmung war diesmal wieder ich. Weil ich nicht genügend Interesse für ihre esoterischen und astrologischen Erkenntnisse zeigte. Dabei verstand ich einfach nicht, was sie mir erzählte. Es ging um Planeten, Häuser, Konstellationen und eine Menge Zahlen. Und ich saß da und schwieg.

»Schläfst du mit offenen Augen?«, sagte meine Mutter dann, und ihre Stimme hatte diesen rauen Unterton, der sich bald darauf in einen harten Oberton verwandelte.

»Dann lass mich allein!«

Ich stand auf und ging.

Lange Zeit, zwischen meinem achten und dreizehnten Lebensjahr, hatte ich tatsächlich geglaubt, sie meine es ernst. Sie wolle allein im Zimmer sein, mochte niemanden um sich haben, auch mich nicht, der überhaupt keinen Krach machte. Indem ich sofort aufstand und ging, wollte ich ihr eine Freude bereiten.

Erst vor kurzem hatte ich begriffen, dass sie eigentlich das Gegenteil von mir erwartete, ich hätte dableiben und Fragen stellen und neugierig sein und staunen sollen.

Einmal kam mein Vater zu mir und sagte, Mama würde wegen mir weinen, weil ich sie so schlecht behandelte. Ich hatte keine Ahnung, wovon er sprach. Erschrocken rannte ich auf die Terrasse, wo meine Mutter vor ihren Karten und Tabellen saß, stellte mich vor sie hin und entschuldigte mich.

Ich sagte: »Tut mir echt Leid, Mama.«

Und sie hob den Kopf und ich sah ihre nassen Augen und sie sagte: »Was tut dir Leid? Was genau?«

»Dass du wegen mir weinst.«

»Ich wein nicht wegen dir!«

Vielleicht war das das Schlimmste, was sie jemals zu mir sagte: Ich wein nicht wegen dir.

Ich schaute meinen Vater an, der keine Miene verzog, zumindest bemerkte ich keine Miene in diesem schwarzen Gestrüpp, das sein halbes Gesicht überwucherte. Er hatte mich ins offene Messer laufen lassen und dafür hasste ich ihn.

»Tut mir Leid«, sagte ich noch einmal. Aber meine Mutter starrte auf den Tisch und schien mich vergessen zu haben. Weil ich nicht wusste, was ich tun sollte, warf ich aus Versehen meinem Vater wieder einen Blick zu. Und er zeigte auf den leeren Stuhl am Tisch. Wieso spricht er nicht?, dachte ich wütend. Blöder Gedanke! Mein Vater neigte nicht dazu, viel zu sprechen, egal, worum es ging, egal, ob meine Mutter weinte oder lachte oder ob ich weinte oder lachte oder ob meine Mutter Sachen erzählte, die mein Vater, davon war ich total überzeugt, genauso wenig verstand wie ich.

In jenem Augenblick hasste ich ihn noch mehr als sonst. Weil er nichts sagte, kein Wort, das diese Stille beendet hätte, die, so bildete ich mir ein, aus meiner Mutter herausströmte wie ein Geruch und uns alle drei einnebelte und sinnlos warten ließ.

In jenem Augenblick fühlte ich mich komplett sinnlos. Vielleicht lag es daran, dass ich kurz zuvor zwei Theaterstücke von Samuel Beckett gelesen hatte, mit dessen Figuren ich mich identifizierte. Vielleicht kam ich mir vor wie einer, der sein Leben in einer Mülltonne verbringt oder auf einer Landstraße, und nichts ändert sich und alles ist absurd.

Aber wenn ich ehrlich war, glaubte ich das nicht. Vielmehr fühlte ich mich deshalb so komplett sinnlos, weil die Situation einfach sinnlos *war*. Zwei schweigende Erwachsene, ein Mann, der ein Gebüsch im Gesicht hatte und mit dem Finger auf einen leeren Stuhl zeigte, und eine Frau, die ihr Leben und das ihrer Familie aus bunten Karten ablas und über etwas weinte, das niemand kapierte. Dazu ein Junge in kurzen Hosen, in dessen Kopf Stimmen spukten: »Ich sage mir … manchmal, Clov, du musst noch besser leiden lernen, wenn du willst, dass man es satt kriegt, dich zu strafen … eines Tages …« Oder: »Komm, wir gehen. Wir können nicht. Warum nicht? Wir warten auf Godot. Ach ja …«

Minuten vergingen. Wahrscheinlich Stunden. Irgendwann beschloss ich, mich zu setzen. Und genau in diesem Moment erhob sich meine Mutter und ging wortlos an meinem Vater vorbei ins Wohnzimmer. Bis zu meinem Platz konnte ich hören, wie er sich kratzte. Es hörte sich an, als würden zwei Krähen in einem Strauch miteinander kämpfen und wild mit den Flügeln schlagen. Dann war er verschwunden. Endlich.

Es war still auf der Terrasse. Sinnlos still. Kein Blätterrascheln. Keine Autogeräusche. Nichts. So still wie auf der Landstraße in dem Stück von Beckett.

Das alles passierte, als ich dreizehneinhalb war. Und eine Woche, bevor ich vierzehn wurde, saß ich wieder allein auf der Terrasse und wartete darauf, dass mein Vater herauskam und mir mitteilte, ich hätte Mama zum Weinen gebracht.

Er kam nicht.

Stattdessen erschien meine Mutter.

»Ich muss mit dir reden«, sagte sie.

Sie lehnte die Terrassentür an, als käme sie in mein Zimmer und niemand dürfe es bemerken, sah sich um, als wäre sie neu in der Gegend, und ging zum Tisch. Ich saß auf der Hollywoodschaukel meiner Großmutter und las zum zweiten Mal dasselbe Theaterstück. *Hand in Hand hätten wir uns vom Eiffelturm runtergestürzt, mit den Ersten. Da sahen wir noch anständig aus. Jetzt ist es zu spät. Die würden uns nicht rauflassen …*

»Was liest du da?«

»Beckett.«

»Immer noch?«

Meine Mutter wischte sich über den Mund und setzte sich auf den weißen Plastikstuhl mit dem grünen

Kissen, wo sie immer saß. Ich legte das Buch mit der aufgeschlagenen Seite nach unten auf den Steinboden, neben die Schaukel. Dann schaukelte ich.

»Du hast bald Geburtstag«, sagte meine Mutter, »deswegen muss ich mit dir reden.«

»Dann fang an.«

Meine Mutter lächelte. Das tat sie selten. Ich war auf der Hut. Sie sah mich an. Ich hörte auf zu schaukeln. So hatte sie mich noch nie angesehen.

Das war ganz sicher meine Mutter, die mir gegenübersaß, doch ihr Blick war der einer anderen Frau, einer Frau, der ich noch nie begegnet war. Und je länger ich zu ihr hinsah, desto fremder erschien sie mir. Ich beugte mich sogar vor, als würde mit meinen Augen etwas nicht stimmen. Und die Schaukel bewegte sich. Ich wollte das nicht. Ich wollte ruhig dasitzen, aber die Schaukel knarzte und schwang vor und zurück. Und ich saß da, gebeugt, die Hände auf meinen nackten Beinen, und glotzte diese unbekannte merkwürdige Frau an, die einfach nur meine Mutter war.

»Du bist schon lange kein Baby mehr«, sagte die Frau, die meine Mutter war, »manchmal bist du sogar richtig erwachsen …« Sie machte eine Pause und sah mir in die Augen. Ich schaute nicht weg. Ich wollte herausfinden, was mit ihr passiert war. Wieso sie plötzlich so anders wirkte, obwohl sie dasselbe hellblaue Kleid anhatte wie immer und ihre Haare ineinander verknotet hatte wie immer. Auf einmal schaute ich nur ihre Haare an.

»Was ist?«, fragte sie.

Ich zuckte zusammen. Die Schaukel fing wieder an sich zu bewegen, sie quietschte leise und ich wusste nicht, wie ich mich richtig hinsetzen sollte. Sonst konnte ich stundenlang so dasitzen, lesen, mich sacht schaukeln lassen und ehe ich es bemerkte, war ein ganzer Nachmittag vergangen.

»Was ist mit meinen Haaren?«

»Nichts«, sagte ich.

»Komm her«, sagte sie und wischte sich über den Mund.

Ich ging zu ihr. Sie nahm meine linke Hand in beide Hände und ich spürte einen harten Druck.

»Wenn ich dich beim Lesen beobachte, wirkst du wie ein Erwachsener«, sagte sie. In meinen Ohren klang es, als würde eine fremde Frau zu jemand anderem sprechen. Langsam hatte ich den Eindruck, ich müsse hier weg, um nicht durchzudrehen. Außerdem war ich sowieso nicht gemeint. Mit wem redete diese Frau?

»Deine Hand ist eiskalt«, sagte sie.

Ich brachte keinen Ton heraus.

»Weißt du, wovor ich Angst hab?«, sagte sie. Und als ich sie anschauen wollte, senkte sie den Kopf, und ich sah wieder nur ihre ineinander verknoteten Haare. »Hörst du mir zu?«

Ich hörte ihr zu, aber es dauerte eine Zeit lang, bis ich ihre Stimme wiedererkannte.

»Ich hab Angst, dass du so wirst wie ich. Ich … ich war oft beim Arzt in den letzten Jahren, das hab ich dir nicht gesagt, weil … weil ich hätt's dir nicht erklären können …«

Ich wusste, dass sie beim Arzt war. An der Pinnwand im Flur hing ein Zettel mit der Telefonnummer eines Doktors und ich hab dort angerufen. Eine Sekretärin sagte, Sprechstunden seien nur nach vorheriger Vereinbarung. Das war kein Arzt, zu dem man ging, wenn man Grippe hatte oder Schmerzen, das war ein Psychiater oder ein Psychologe, das hatte ich nicht rausgefunden. Auf alle Fälle war er zuständig für Leute, die daneben waren.

Merkwürdig war meine Mutter, daran gab's keinen Zweifel, und die Sache mit ihren Karten und Sternen war extrem merkwürdig. Aber daneben fand ich sie nicht. Ricos Mutter war daneben, die schlug mit dem Staubsauger auf Ricos Vater ein und spuckte aus dem Fenster, wenn jemand vorbeiging, den sie nicht leiden konnte. So etwas würde meine Mutter nie tun. Auch hatte ich sie und meinen Vater niemals streiten sehen, sie redeten zwar fast so merkwürdig wie die Leute in Becketts Stücken, aber sie warfen sich keine Sachen an den Kopf, volle Milchkännchen zum Beispiel, wie Elsas Mutter ihren Liebhabern, wenn es stimmte, was Elsa erzählte.

»Ja«, sagte ich. Das rutschte mir so heraus. Und meine Mutter lächelte wieder. Seltsamerweise gefiel mir dieses Lächeln jetzt, es kam mir vor, als würde sie mich anlächeln, mich allein, nur mich allein. So wie früher.

»Und nun wirst du vierzehn«, sagte sie, »und ich möcht dir sagen, dass du dich nicht wundern sollst, wenn ich oft so dasitz und meine Horoskope schreib oder die Tarotkarten leg, ich hab dann eine Beschäftigung und ich komm vielleicht auf einen Sinn … einen Sinn für … für alles … Eigentlich müsst ich eine Therapie machen, aber die Kasse zahlt das nicht.«

»Du bist okay«, sagte ich schnell. Nicht so okay wie früher. Aber okay. Okay genug.

Sie schaute mich an. Obwohl sie im Schatten saß, war ihr Gesicht hell wie voller Sonne. Auf ihrer Stirn waren Schweißperlen, es war superheiß, schon tagelang, endlich mal ein echter August.

»Ich bin nicht okay«, sagte sie.

»Doch«, sagte ich. »Du bist halt anders als andere Mütter, das macht aber …«

»Du bist auch anders als andere Jungs«, sagte sie. »Und ich mach mir Sorgen, weil du so ein Einzelgänger bist, und das wird immer schlimmer …«

»Was ist daran schlimm?«, sagte ich lauter. Ich war ein Einzelkind, war ich deshalb gleich ein Einzelgänger?

»Bringst du deine Freunde wegen mir nicht mit nach Hause?«

Fing meine Mutter schon wieder damit an, wirres Zeug zu reden?

»Vielleicht genierst du dich für mich«, sagte sie.

Ich sagte: »Wieso soll ich mich denn genieren? Wieso denn?«

Sie legte eine Hand auf meine Backe und mit der anderen hielt sie meine Hand fest. »Sei ehrlich zu mir. Du bist jetzt alt genug für solche Gespräche.«

»Ich genier mich nicht, verdammt! Was ist denn los mit dir? Ich will jetzt weiterlesen!« Ich zog meine Hand aus ihrer. War meine Mutter vielleicht doch fähig, aus dem Fenster zu spucken? Wenn ich nicht bald allein in meinem Zimmer wäre und meine Ruhe hätte, würde *ich* aus dem Fenster spucken! Und hoffentlich ging dann mein Vater draußen vorbei!

»Hörst du mir zu?«, sagte meine Mutter wieder.

Sie seufzte. Dann streckte sie die Hand aus. So etwas hatte sie noch nie getan. Was war heute für ein Tag? Der 17. August. In genau einer Woche hatte ich Geburtstag. Und darüber musste ich mit ihr reden. Und was passierte? Statt dass ich dazu kam, ihr meinen Wunsch mitzuteilen, stellte sie mir lauter Fragen. Und brachte mich ganz raus. Ich sollte abhauen, einfach weg, so wie Rico, wenn seine Mutter wieder ihren Rappel kriegte.

»Ich möcht, dass du mehr rausgehst, Lukas«, sagte sie, »ich find es gut, wenn du viel liest, das ist gescheit von dir, ich freu mich darüber. Aber du musst auch mal raus, es sind Ferien, und wenn wir uns schon nicht leisten können zu verreisen, dann hab wenigstens in der Stadt deinen Spaß. Viele deiner Klassenkameraden sind auch nicht weg, triff dich doch mit ihnen, bestimmt gehen die jeden Tag ins Schwimmbad oder sie fahren mit ihren Skateboards ...«

»Ich hab kein Skateboard!«

Ich wollte auch keins.

»Du kannst dir eins ausleihen. Oder du fährst mit dem Rad durch die Gegend, du bist doch ein selbstständiger Junge. Ich möcht, dass du nicht dauernd grübelst ...«

Ich sagte: »Ich grübel nicht, ich les.«

»Ja«, sagte sie. Dann schnappte sie irgendwie nach Luft, öffnete den Mund, schnaufte, stöhnte leise und wischte sich über den Mund. Dann, nachdem sie mir einen ihrer unverständlichen Blicke zugeworfen hatte, sagte sie: »Ich hab schon mit deinem Vater gesprochen, aber du kennst ihn, er hört einem zu und sagt nichts. Manchmal denk ich, wir haben beide was an der Waffel, entschuldige, ich hab das nicht so gemeint. Ich muss ja mit jemand reden, wenn ich ... Der Arzt sagt, eine Therapie wär gut, vor allem wegen der Traurigkeit, dass ich nicht dauernd anfang zu heulen, das ist mir peinlich, ich sitz da und auf einmal ... Das wollt ich dir endlich mal sagen, damit du dir keine Vorwürfe machst oder denkst, du bist ... Was ist? Was ist, Schatz?«

Scheiße, ich wusste auch nicht, was war. Die verdammten Tränen schossen einfach aus meinen Augen raus, ich wollte sie wegwischen, aber es kamen immer mehr. Als hätte jemand einen Wasserhahn hinter meinen Augen aufgedreht. Ich konnte überhaupt nichts mehr sehen, ich stand da auf der Terrasse und heulte wie Natalia, von der Frau Schirn, unsere Lehrerin, behauptete, sie würde so viel heulen, weil sie eine russische Seele hatte. Keine Ahnung, ob das stimmte, ich jedenfalls heulte nicht, weil ich eine russische Seele hatte, ich heulte, weil ich Tränen im Kopf hatte, wieso sonst?

Gerade als ich damit aufhören wollte, umarmte mich meine Mutter.

Also heulte ich noch eine Weile weiter. Und sie auch. Dieser 17. August war ein unfassbar verregneter Tag.

Hinterher schnieften wir rum. Keiner von uns beiden hatte Taschentücher dabei.

Irgendwann sagte meine Mutter: »Ich hab Eis im Kühlschrank.«

Ich sagte: »Ich will lieber was trinken.«

»Ich hol was und dann musst du mir verraten, was du dir zum Geburtstag wünschst. Setz dich schon mal hin.«

Ich blieb stehen. Es roch nach frisch gemähtem Gras und Koteletts. Über uns wohnte das Ehepaar Raminer, zwei alte Leute, und man hörte den ganzen Tag Geschirrklappern und das Brutzeln von Fett in der Pfanne. Ich stand da, Bienen flogen um mich herum und ich versuchte mir vorzustellen, wie meine Mutter reagieren würde, wenn ich ihr sagte, was ich mir zum Geburtstag wünschte. Was immer sie sich für mich ausgedacht hatte, es würde nicht das Geringste mit dem zu tun haben, was ich wollte. Und ich wollte es unbedingt. Ich konnte nicht erklären, warum. Ich wollte es einfach. Das war ein totaler Wunsch. Fast so was wie eine Sehnsucht.

3

Ungefähr zwanzig Minuten, nachdem ich Rico überstanden hatte, stieß ich mit einem Mädchen zusammen. Eigentlich war sie es, die mich anrempelte.

Aber sie stand richtig, rolltreppenmäßig.

Ich lief nach unten, sie kam heraufgefahren. Die meisten Leute waren mir ausgewichen, da stand sie auf einmal. Stützte lässig die Hand auf die fahrende Gummischiene und hatte etwas in der Hand, irgendwas Weißes. Viel Zeit zum Hinschauen hatte ich nicht. Was Weißes, so weiß wie meine Turnschuhe, und weil ich mitten im Absprung war, konnte ich den linken Fuß nicht mehr zurückziehen.

Also verhakte sich mein weißer Turnschuh in dem weißen Ding.

In Sekundenschnelle versuchte ich mein Bein abzubiegen, das klappte auch, dafür segelte meine Hand an der Steinmauer vorbei.

Ich griff ins Leere. Ich ruderte mit den Armen und kriegte mit, dass unter mir die Rolltreppe nach oben fuhr. Was ich ja wusste. Was ja gerade der Witz dabei war. Aber in diesem Moment wär es mir lieber gewesen, sie wäre nach unten gefahren. Viel lieber.

Während ich nach vorn kippte, mit dem linken Arm voraus, mein Körper verdreht wie der von einem total dämlichen Eiskunstläufer, der sich in der Luft verirrt hat, kamen mir Rolltreppenstufen entgegen. Unaufhörlich Rolltreppenstufen. Schossen aus der Erde und auf mich zu, mir voll ins Gesicht. Voll ins Gesicht. Ich dachte: Das wird jetzt wehtun. Ungefähr vier Sekunden später dachte ich: Scheiße, tut das weh!

Der Frau, die sich über mich beugte, stand ins Gesicht geschrieben, dass ich ein Opfer der Strafe Gottes war. Der zweiten Frau, die sich über mich beugte, stand etwas ins Gesicht geschrieben, das ich nicht lesen konnte. Die Frau war eine Schwarze.

Mir tropfte Blut auf die Hände. Ich wischte mir über den Mund, wie meine Mutter das immer machte, und fuhr mit dem Finger meine Zähne ab. Denen war nichts passiert.

»Das hast du jetzt davon!«, sagte ein Mann.

Oben, am Ende der Rolltreppe, sah ich wieder etwas Weißes.

»So blöd muss ma ers'ma sein!«, sagte der Mann. Er stand direkt neben mir, in Sandalen und gelben Socken.

Beim Aufstehen kippte mein Kopf nach links, als hätte jemand auf dieser Seite Steine reingefüllt. Irgendwie benommen, wie ein Kopfballspieler, der mit einem anderen Kopfballspieler massiv am Kopf zusammengestoßen ist, machte ich einen Schritt auf die Rolltreppe.

Auf meinem rechten Turnschuh prangte ein roter Fleck. Da mir meine Mutter immer saubere Papiertaschentücher in die Hosentaschen stopfte, hatte ich genügend vorrätig, um meine aufgeschürften Backen und die Stirn abzutupfen.

Die Leute glotzten mich an, als hätten sie noch nie jemand bluten sehen. Die gleichen Leute, die bei jedem Unfall auf der Autobahn nach gehäckselten Leichen Ausschau halten.

Keine Ahnung, wieso ich nicht aufpasste. Ich glitt dahin und plötzlich schrammten meine Schuhe gegen die Kante. Ich riss das eine Bein hoch, um nicht noch mal der Länge nach hinzuknallen. Direkt vor die Füße des Mädchens.

»Oje«, sagte sie.

Ich stand knapp vor ihr.

Sie roch nach Zitrone.

Gab es neuerdings Zitronenparfüm?

Sie hatte ein kastanienbraunes Kleid und eine Jeansjacke an und schmale schwarze Schuhe, die aussahen wie Sandalen mit dünnen Riemen, die ein paar Mal um ihre Knöchel gebunden waren. Sie hatte blonde kurze Haare und trug eine dunkle Sonnenbrille. Sie war siebzehn oder achtzehn.

Es war, als würde ich alles auf einmal sehen.

Sogar ihre Zähne fielen mir auf, sie waren weiß und ziemlich groß. Sie hatte nämlich einen schmalen Mund. In ihren Ohrläppchen steckten zwei silberne Sterne, ein Stern auf jeder Seite. Und über der Schulter trug sie eine blaue Ledertasche.

Wie lang ich sie schon angaffte, wusste ich nicht. Auf einmal sagte sie: »Willst du dich nicht entschuldigen?«

Die blutigen Papiertaschentücher, die ich inzwischen

alle verbraucht hatte, warf ich in einen Blechkasten und dachte: Ich entschuldige mich für nix.

Ich sagte: »'tschuldigung.«

»Beinah wär ich hingefallen.«

»Bist du ja nicht«, sagte ich.

»Weil ich schnell reagiert hab«, sagte sie.

Die Frau, die sich unten über mich gebeugt hatte, nicht die Schwarze, die andere, kam zu Fuß die Treppe herauf und blieb auf der letzten Stufe stehen. Sie schaute zu uns her, als wären wir ein 1-a-Unfall auf der Autobahn.

»Gehst du immer die Rolltreppe in falscher Richtung?«, fragte das Mädchen.

Ich betrachtete ihre Füße, die Zehennägel waren blau lackiert.

»Manchmal«, sagte ich.

»Ich muss los«, sagte sie.

Meine Knie fühlten sich an, als würden sie auslaufen, als würde aus riesigen Löchern Blut fließen, so dass ich in fünf Minuten in einer roten Pfütze stehen würde und in zehn Minuten in einem roten Tümpel.

Ich hörte ihre Schritte und ein Klacken auf dem Asphalt und dann rief sie: »Mist!«

Jemand hatte einen Stuhl von der Terrasse eines Restaurants mitten in den Weg gestellt und sie war dagegengekracht. Die Tasche rutschte ihr von der Schulter und ein Geldbeutel und Zettel fielen heraus.

Bevor sie sich danach bückte, war ich da und hob alles auf.

Auf einem der Zettel, der von einem Block abgerissen war, las ich den Stempel eines Lokals, »Goran«,

Rumfordstraße. Der Block sah aus wie einer von denen, die mein Großvater früher als Kellner benutzt hatte.

Das Mädchen verstaute die Sachen in der Tasche.

»Danke«, sagte sie und sah mich durch ihre Sonnenbrille an.

Der Klappstuhl war umgekippt und ich dachte nicht daran, ihn wieder hinzustellen. Anscheinend dachte sie auch nicht dran.

Erst als sie die Apotheke vorn an der Straßenecke erreicht hatte, begriff ich, was das Weiße war, das sie in der Hand hatte. Ein weißer Blindenstock. Und ich sah die hellblaue Jeansjacke und die Tasche, die an ihrer Schulter baumelte, und ich sah, wie sie die kleine abschüssige Straße in Richtung Stadtmuseum hinunterging, und ich sah den Stock, mit dem sie den Weg abklopfte. Sie wirkte überhaupt nicht unsicher. Sie ging auch nicht langsam, eher wie jemand, der es eilig hatte.

Wahrscheinlich hatte sie es eilig. Schließlich hatte ich sie ewig aufgehalten.

Wohin war sie unterwegs?

Jetzt konnte ich sie nicht mehr sehen. Ich lief los.

Wieso lief ich ihr hinterher? Wieso ließ ich mir von einem Mädchen, das selber schuld war, dass ich sie angerempelt hatte, die Richtung vorschreiben?

Was für eine Richtung?

In meinem Kopf schossen wieder die Gedanken raketenartig herum. War doch egal, wo ich hinging, wieso dann ausgerechnet dahin? Das war ja fast zurück, fast in die Richtung, wo ich wohnte. Egal. Nicht egal.

Ich kannte die Schnepfe nicht, ich wär locker an der

vorbeigesprungen, wenn sie nicht stur stehen geblieben wär! Die hatte mich doch gesehen. Die war extra stehen geblieben, garantiert. Die hatte extra nicht Platz gemacht. Scheiße, ich war der, der auf die Schnauze gefallen war, nicht sie! Ihr war überhaupt nichts passiert!

Fast wär ich in sie reingerannt. Sie wartete am Straßenrand. Autos fuhren vorbei und sie klopfte mit dem Stock auf den Boden.

»Ich bin's«, sagte ich außer Atem. »'tschul… 'tschuldige, dass … Ich hab nicht gemerkt, dass du blind bist.«

»Bist du auch blind?«, sagte sie.

Ich wollte was drauf sagen, aber ich kriegte keine Luft. Außerdem schmeckte ich mein Frühstück im Mund, was ich unangenehm fand. Ich stellte mir vor, dass die Pommes meine Speiseröhre abgrenzten wie Leitplanken und dazwischen sausten Burgerteile rauf und runter und schleuderten gegen die Pommesplanken und mein Magen war ein einziges Schrottteillager.

Nur indem ich fest den Mund zupresste, schaffte ich es, mich nicht zu übergeben.

Das Mädchen schaute mich an. Natürlich drehte sie mir nur den Kopf zu, das war alles. Ihre Augen waren hinter der Brille nicht zu erkennen.

»Führst du mich über die Straße?«, sagte sie.

Sehr langsam öffnete ich den Mund und ließ etwas Luft rein. Nichts Schlimmes passierte.

»Ja«, sagte ich. Schon hatte sie sich bei mir untergehakt.

Ich war mir nicht sicher, ob mir das gefiel. Eigentlich

sah es jetzt so aus, als würde sie mich über die Straße führen und nicht ich sie. Ein Fahrradfahrer sauste haarscharf an uns vorbei.

»Das machen die dauernd so«, sagte sie.

Dann hatten wir den Bürgersteig auf der anderen Seite erreicht.

»Danke.«

»Bitte.«

Sie sagte: »Hast du noch nie einen Blinden gesehen?«

»Doch.«

»Was starrst du mich dann so an?«

»Woher willst du das wissen?«, sagte ich und machte einen Schritt von ihr weg.

»Das spür ich«, sagte sie.

Dann schwieg sie. Ich auch.

»Darf ich mal?« Eine Frau mit Kinderwagen wollte an uns vorbei. Das Mädchen klopfte mit dem Stock gegen das Rad des Kinderwagens und drehte sich zur Seite. Ich machte der Frau Platz. Sie bedankte sich nicht und ich fand es gut, dass das Baby jetzt brutal losbrüllte.

»Schönen Tag«, sagte das Mädchen.

»Dir auch«, sagte es aus meinem Mund.

Sie ging weiter. Tacktack. Tacktack.

Wieso kriegte ich den blöden Gedanken nicht aus meinem Kopf, dass sie mich einfach stehen gelassen hatte?

Noch eine halbe Stunde später kriegte ich ihn einfach nicht raus aus meinem Kopf.

4

Erst als mir Lissy einen Schluck aus ihrer Wodkaflasche anbot, dachte ich an was Neues. Daran, dass das schlecht war, dass ich jetzt Alk trank.

»Schmeckt's dir nicht?«, fragte Lissy.

Nachdem ich zu Ende gehustet hatte, nickte ich. Es war mir extrem peinlich, dass meine Hand zitterte, als ich ihr die Flasche zurückgab.

»Ist, glaub ich, noch 'n Rest Gin drin«, sagte sie.

King schnaufte, irgendwie umständlich hob er den Kopf und sackte wieder in sich zusammen. Er lag neben Lissy auf einer Decke, ein dunkelbrauner Klumpen mit Schwanz, der einen kleinen Plastiknapf vor seiner Schnauze stehen hatte, den er nicht anrührte.

Lissy hockte auf dem Boden vor der Heiliggeistkirche, einen alten Rucksack und zwei Plastiktüten neben sich, und drehte sich eine Zigarette.

Ich war total betrunken.

Obwohl ich nur einen Schluck, einen schnellen kurzen Schluck, genommen hatte, wäre ich beinah auf eine alte Frau gekippt, die plötzlich vor mir auftauchte.

»Obacht, gell!«, sagte sie. Und bevor ich mich entscheiden konnte, nach welcher Seite ich ausweichen sollte, war sie schon verschwunden. Und weil ich mich einmal im Kreis drehte, wurde mir schwindlig.

»Ham Sie 'n Euro?«, hörte ich Lissy sagen.

Das letzte Mal, als ich was getrunken hatte, war an Elsas Geburtstag gewesen. Sie hatte die ganze Klasse in die Altbauwohnung ihrer Mutter in Neuhausen eingeladen, ungefähr tausend Quadratmeter mit Terrasse, und überall, auf den Glasschränken und den dreibeinigen runden Tischen, standen bunte Getränke. Kaum war ich in der Wohnung, hatte mir schon jemand ein Glas in die Hand gedrückt, und ich musste es sofort austrinken. Das ist gesund, sagte Elsas Mutter dauernd, und noch ehe ich die Terrasse erreicht hatte, kam ich mir selber wie ein buntes Getränk vor. Krampfhaft hielt ich mich an dem Geschenk fest, das meine Mutter mir für Elsa eingepackt hatte, eine blaue Kugel, die aussah wie die Erde, und Muscheln dazu, angeblich ein Glücksbringer. Vor lauter bunten Getränken hätte ich fast vergessen, Elsa das Geschenk zu geben, und als ich es endlich schaffte, küsste sie mich auf die Backe, nahm das Geschenk und legte es zu den anderen auf einen glänzenden Holzschrank, der teurer aussah als unsere komplette Einrichtung zu Hause. Irgendwann tauchte ein Mann auf und spielte Gitarre. Der aktuelle Liebhaber von Elsas Mutter. Er hatte ein kleines Pflaster an der Stirn und ich meinte zu Rico, da hat er garantiert ein Milchkännchen abgekriegt, und dann lachten wir so laut los und hörten überhaupt nicht mehr auf, bis er samt seiner Gitarre ins Wohnzimmer verschwand und Elsa zu uns sagte, wir wären die dämlichsten Ignoranten der Welt. Über das Wort Ignoranten lachten wir uns fast zu Tode. Rico wäre fast dran erstickt, er konnte nicht mehr aufhören, es auszusprechen, auszubrüllen. Dies war ein unfassbar grausamer Tag.

Im letzten Moment merkte ich, dass King unter mir lag. Ich schnellte hoch, wankte und schaffte es, mich knapp neben ihm auf den Hintern fallen zu lassen.

»Das ist Ringos Platz«, sagte Lissy.

Ich sagte: »Ich steh gleich wieder auf.«

Ringo war Lissys Freund, er war unterwegs, um Essen zu beschaffen, wie Lissy mir erzählt hatte, nachdem sie Feuer von einem amerikanischen Touristen bekommen hatte.

Das war der Grund gewesen, weshalb sie mich angesprochen hatte. Ringo hatte nämlich das Feuerzeug mitgenommen. Ich konnte ihr aber nicht helfen. Trotzdem redete sie mit mir. Und dann hatte sie Durst und wollte, dass ich auch was trank.

Im Sitzen war mir weniger schwindlig.

»Was is?«, sagte Lissy.

»Nix«, sagte ich.

»Willst du mal ziehen?«

Ich schüttelte den Kopf.

»Auf dem Gesundheitstrip?«, sagte Lissy.

Wenn ich die Beine anzog und sie fest gegen den Bauch presste, ging es mir besser. Ich drückte das Kinn auf die Knie, umklammerte mit beiden Armen die Beine und drückte zu. Seltsamerweise hatte ich das Gefühl, ich würde auf diese Weise mehr Luft bekommen.

King schnaufte. Ich beneidete ihn um das Wasser in seinem Napf. Oder war das auch ein Wodka-Gin-

Cocktail? Vielleicht lag er deswegen so fertig auf seiner Decke. Weil er von früh bis abends nur hochprozentiges Wasser zu saufen kriegte.

»Bist du von hier?«, fragte Lissy.

»Ja«, sagte ich.

»Scheiße.«

»Wieso?«

»Is 'ne lahme Stadt, superlahm, arschlahm.«

»Du bist doch auch hier.«

»Wegen Ringo, seine Oma war im Krankenhaus und er wollt sie besuchen. Sonst leben wir in Berlin.«

»War ich noch nie«, sagte ich.

»Das ist Pech, Kleiner.«

»Ich heiß Lukas«, sagte ich. Ich mochte nicht, wenn jemand Kleiner zu mir sagte. »Wie alt bist du denn?«

»Alt genug.«

Von King strömte ein muffiger Geruch zu mir rüber. Besser, ich hielt Abstand. Langsam schob ich mich in die Höhe. Als ich endlich stand, fühlte ich mich nicht mehr wie ein Kreisel. Bloß noch betrunken.

»Komm uns doch mal besuchen«, sagte Lissy.

Ich steckte die Hände in die Hosentasche und überlegte, wo ich jetzt hingehen wollte. Lang genug war ich an diesem Platz festgeschraubt gewesen, verdammter Schnaps! In meinem Kopf tackerten Aliens mein Hirn an der Schädeldecke fest.

»In zwei Tagen sind wir wieder dort, du findst uns am Zoo oder vor der Gedächtniskirche«, sagte Lissy, und ich dachte, sie würde gleich das Papier inhalieren, so stark saugte sie dran.

»Wie kommt ihr hin?«, fragte ich.

»Daumen, kein Problem, Kleiner.«

»Ich heiß Lukas.«

»Lissy.«

Hundert Meter weiter vorn, auf der anderen Straßenseite, ketteten zwei Bedienungen die Tische und Stühle vor dem Weißen Bräuhaus los. Das brachte mich auf die Idee, meinen Großvater zu besuchen. Seit Monaten war ich nicht mehr bei ihm gewesen, das letzte Mal einen Tag vor Heiligabend. Meine Mutter wollte ihn überreden, Weihnachten mit uns zu feiern. Aber er hatte keine Lust gehabt. Er wollte lieber allein sein. Seit seine Frau ihn verlassen hatte, zeigte er noch weniger Familiensinn als früher, behauptete meine Mutter. Meiner Meinung nach hatte er auch vorher nichts für Familiensachen übrig gehabt, er kam bloß so mit, saß neben seiner Frau, die im Vergleich zu ihm und meinem Vater eine einzige atemlose Nachrichtensprecherin war, und sogar, wenn sie mal den Mund hielt, weil sie panisch wie eine Süchtige auf Entzug in ihrer grünen Handtasche nach einem Spiegel und einem Lippenstift grub oder ein Stück Kuchen kaute, kam es mir vor, als würde sie wie eine Bauchrednerin immer weiterplappern. Oder ich stellte mir vor, ihre Stimme hing an ihren Lippen wie eine unsichtbare Glocke an einer Kuh, die überhaupt nicht zu muhen brauchte, um auf sich aufmerksam zu machen. Ein Kopfschütteln reichte.

»He!«, rief Lissy.

»Ja«, sagte ich schnell. Aber sie hatte nicht mich gemeint.

»Hab 'ne Flasche Cola mitgebracht«, sagte der Typ in der schwarzen Jeans und dem schwarzen Sweatshirt, der Lissy eine volle Plastiktüte hinhielt und sich zu King runterbeugte. Der Schwanz des Hundes klopfte ein paar Mal auf den Boden. Sah ziemlich mechanisch aus. Dann setzte sich der Typ genau dahin, wo ich vorher gesessen hatte.

»Das ist Ringo«, sagte Lissy. Sie zog eine Plastikflasche aus der Tasche und eine Papiertüte. »Was'n da drin?«

»Semmeln«, sagte Ringo. »Also Brötchen ...«

»Ich weiß, dass Semmeln Brötchen sind, Mann!«, sagte Lissy. »Ich komm aus Süddeutschland, hast du das vergessen, Mann? Ist doch Scheiße, was du redest ...«

Ringo nahm das Päckchen Tabak, das Lissy neben sich gelegt hatte, und fing an, sich eine Zigarette zu drehen. Ich stand da und schaute zu. Lissys Arm tauchte tief in den Plastikbeutel.

»Das sind ja Pommes, ist ja ekelhaft!«, rief sie und ließ den Beutel fallen.

»Die Semmeln hat mir 'ne alte Omma geschenkt«, sagte Ringo vor sich hin. Was seine Freundin zu ihm sagte, schien an seinen Ohren vorbeizufliegen. »Die hat gesagt, sie hat sich verkauft, hat die gesagt, verkauft, hab mich verkauft, und ich sag, ich nehm die Dinger, da hat sie sie mir geschenkt ...«

Blitzschnell strich er mit der Zunge über die gerollte Zigarette, klebte sie zu und holte ein Feuerzeug aus der Hosentasche.

»Ich will los!«, sagte Lissy laut, »das gefällt mir hier nicht mehr! Komm!«

»Die Beerdigung ist doch morgen früh«, sagte Ringo. Mir fiel auf, dass er im Gegensatz zu Lissy eine leise, sanfte Stimme hatte. Beim Rauchen schloss er die Augen und leckte sich die Lippen, als wäre er vom Genuss total überwältigt. »Wir gehen da hin und dann hauen wir ab, ist was?«

Ich erschrak. Ich hatte nicht gemerkt, dass ich ihn wie einen Wunderraucher anstarrte.

»Das ist Lukas«, sagte Lissy. Sie kratzte sich an den Beinen, schob ihre schwarzrot karierte Hose hoch und kratzte sich, als fänd auf ihren Waden ein Klassentreffen von Läusen statt.

»Hi, Lukas«, sagte Ringo, »bist du von hier?«

»Ja.«

Wortlos hielt er mir die Zigarette hin. Ich schüttelte den Kopf. Er schloss die Augen und nahm einen Zug. Lissy ließ sich gegen die Kirchenmauer fallen, anscheinend hatte sie das Kratzen total erschöpft.

»Ich geh dann mal«, sagte ich. Mit einem Schlag war ich wieder nüchtern. Als hätte ich den verdammten Alkohol durch die Nase ausgepustet oder aus mir rausgeschwitzt.

Ich stand nämlich mitten in der Sonne und sie brannte auf mich drauf und ich dachte an Beckett: Ich war nichts Neues, also konnte die Sonne auf mich draufscheinen, wenn sie nichts Besseres zu tun hatte.

Und dann wollte ich mich verabschieden und dann kamen plötzlich die zwei Polizisten auf uns zu.

»Gehörst du zu den beiden?«, fragte der eine.

»Zeigt's mal eure Ausweise«, sagte der andere zu Lissy und Ringo.

»Ja«, sagte ich. Der Schweiß rauschte mir niagarafallmäßig den Rücken runter.

»Spinnst du?«, sagte Lissy.

»Zeig deinen Ausweis«, sagte der Polizist zu mir. Er war so alt wie mein Vater. Aber im Gegensatz zu dem hatte er einen Bauch und eine ziemlich ungesunde Gesichtsfarbe, wie mit alter Butter eingeschmiert.

Ich sagte: »Ich hab keinen Ausweis, ich bin vierzehn.«

»Aha«, sagte der Polizist.

Der andere kontrollierte die Ausweise von Lissy und Ringo.

»Sie müssen zur Beerdigung ihrer Oma«, sagte ich. Keine Ahnung, warum ich mich einmischte. Hier ging es um meine Freiheit. Ich musste mich um mein eigenes Zeug kümmern. Jetzt bloß nicht Schiss kriegen! Jetzt bloß lässig bleiben!

»Hast du keinen Kinderausweis?«, sagte der Polizist zu mir und schaute mich von oben bis unten an, als hätte er was Spezielles mit mir vor.

»Doch«, sagte ich. »Aber nicht dabei.«

»Ihr könnt hier nicht rumhocken«, sagte der andere. »Wo wohnt ihr denn?«

»Berlin«, sagte Ringo.

»Auf der Straße«, sagte der Polizist.

»Wie heißt'n du?«, fragte mich der Polizist, nachdem er mich fertig beglotzt hatte.

»Lukas Brenner«, sagte ich und grinste. Nicht zu viel. Gerade so viel, dass es als Freundlichkeit durchging. Darin hatte ich Übung. Ich trainierte täglich mit meinem Vater.

»Und wo wohnst du?«

»Hohenschwangaustraße 10.« Komplett wahr! Und: ein Viertel Grinsen dazu.

»Wissen deine Eltern, wo du bist?«

»Ja, klar«, sagte ich.

»Also schleicht's euch, und zwar schnell!«, sagte der andere Polizist zu Lissy und Ringo. »Und vergesst's euern Hund nicht, ja? Wenn ihr in fünf Minuten nicht verschwunden seid, nehmen wir euch mit.«

Daraufhin gingen die beiden Polizisten in Richtung Marienplatz weiter, nebeneinander, und ich hätt es gut gefunden, wenn sie sich bei der Hand genommen hätten.

»Scheißstadt«, sagte Lissy. Sie sprang auf und streckte den Mittelfinger in die Luft.

Ich hörte eine Passantin sagen: »Die gehörn ins Heim.« Und ich drehte mich zu ihr um und dachte, so wie die aussah, gehörte sie auch längst ins Heim.

»Die kommen wieder«, sagte ich.

»Wenigstens ham sie uns nicht gleich mitgenommen«, sagte Ringo.

King wuchtete sich in die Höhe. Im Fernsehen hatte ich mal einen Bericht über Kühe gesehen, die standen genauso auf wie der Hund, nur etwas schneller und lässiger. Aus Kings Maul tropfte gelber Schleim.

»Ich hau dann ab«, sagte ich.

»Komm uns mal besuchen«, sagte Ringo. »Wir heiraten demnächst.« Er sah seine Freundin an, die das Gesicht verzog und offenbar vor mieser Laune fast durchdrehte.

»Im September oder Oktober«, sagte Ringo.

»Am 18. November!«, schrie Lissy. Und King gab einen grollenden Laut von sich, der ihn so durcheinander brachte, dass er mit den Hinterbeinen einknickte und dann einfach sitzen blieb. Diesem tranigen Hund musste das Leben noch sinnloser vorkommen als Becketts Alten in den Mülltonnen, die hatten wenigstens ein Zuhause und ihre Ruhe.

»Ja, okay, am 18. November«, sagte Ringo. »Der 18. November ist nämlich ihr Geburtstag.«

»Ja und?«, schrie sie.

»Ich hau dann mal ab«, wiederholte ich und hob kurz die Hand.

»18. November«, sagte Ringo.

Als ich nach links schaute, sah ich die beiden Polizisten unter dem Torbogen stehen. Sie ließen sich von einem einbeinigen Akkordeonspieler den Ausweis zeigen.

Ich lief zu den Arkaden gegenüber. In der schmalen Straße, die am Weißen Bräuhaus vorbeiführte, drehte ich mich um.

5

Niemand verfolgte mich.

Trotzdem hatte ich auf einmal Angst.

Und das war eine eigenartige Angst. So eine Angst, die man vielleicht kriegt, wenn man einen Horrorfilm im Kino sieht und schwache Nerven hat. Oder wenn im Traum jemand aus einem Wald rennt und hinter dir herkommt, und du weißt, er darf dich auf keinen Fall erwischen, du musst schneller sein, schneller schneller, und du läufst und läufst. Und wenn du dann aufwachst, klopft dein Herz und du bist total verschwitzt. Aber nach einer Weile ist der Traum vorbei, weg wie eine Wolke, hat sich in Luft aufgelöst und deine Angst auch.

So eine Art Angst war das. Auch wenn mir klar war, dass ich noch mittendrin im Traum war, der diesmal in der Wirklichkeit spielte.

Ich hatte keine Angst, dass mich die Polizisten doch noch erwischten. Ich hätte sie rechtzeitig kommen sehen und dann wäre ich weg gewesen. Bis die was mitkriegten, wäre ich schon mit der U-Bahn in Neuperlach.

Ich hatte auch keine Angst, dass mir was zustoßen könnte, wie meine Mutter immer unkte.

Wovor ich Angst hatte, konnte ich nicht sagen.

Im Schatten, wo ich stand, war es fast kalt. Als würde

aus den Steinmauern des Restaurants ein Nordwind wehen, vermischt mit dem Duft von Schweinebraten und Rotkraut.

Ständig gingen Leute an mir vorbei, in kurzen Hosen, sensationell dick, Familien, deren Sprache ich nicht verstand. Alle wichen mir aus und natürlich fragte mich eine Frau, ob ich mich verlaufen hätte, und ich sagte: »Ich wohn hier.«

Langsam, mit ziemlich betonierten Beinen, machte ich mich auf den Weg. Geradeaus weiter.

Und es war mir egal, wo ich hinging. Meine Turnschuhe schlurften über den Boden, ich hörte das Geräusch, als käme es von weit her, von unter dem Asphalt.

Ich hörte lauter Sachen, die wie aus einem Paralleluniversum zu mir drangen. Das Klirren von Maßkrügen, Trompetenklänge, Schlager aus dem Radio, lachende Betrunkene, bellende Hunde, das Klingeln einer Straßenbahn, die Alarmanlage eines Autos, Schritte von Stöckelschuhen, das Klacken von Löffeln in Kaffeetassen. Ich hörte das alles und wunderte mich darüber, wieso ich sofort wusste, was es war.

In dieser Gegend war ich selten. Einmal hatte mein Vater meine Mutter und mich in seinem Taxi mitgenommen und uns auf der Maximilianstraße abgesetzt. Meine Mutter wollte unbedingt ein neues Café anschauen, von dem sie in der Zeitung gelesen hatte. Wir kriegten dann aber keinen Platz und es blieb beim Anschauen.

Vor dem Café war ich jetzt gelandet.

Auf dem Gehweg standen hohe Tische und Stühle

wie Barhocker. Niemand hockte da. Die Leute, die auf der Maximilianstraße unterwegs waren, gaben einen Haufen Geld für teure Klamotten, Schmuck und Essen aus, hier waren die edelsten Läden der Stadt und vorn war die Oper und in der Nähe des Cafés, vor dem ich stand, das Hotel Vier Jahreszeiten. Und die Autos, die davor parkten, hatten wenig Ähnlichkeit mit denen bei uns in Obergiesing.

Aber meine Mutter meinte, in dieser Straße gäbe es das köstlichste Abendlicht in der ganzen Stadt und vielleicht sogar in ganz Deutschland. Das hatte sie mir erzählt, als wir damals vor dem Café rumstanden und warteten, dass jemand bezahlte und wir uns auf den Platz setzen konnten. »Woher weißt du das?«, fragte ich meine Mutter, und sie sagte, sie hätt's mit eigenen Augen gesehen. Manchmal sagte sie solche Sachen. Das köstlichste Abendlicht.

»Suchst du jemand?«

Eine junge Frau mit extrem schwarzen Augen war vor die Tür des Cafés gekommen.

»Nein«, sagte ich.

Sie schaute mich an. Und ich schaute zurück. Und da wusste ich plötzlich, wovor ich vorhin solche Angst gehabt hatte. Aus diesen schwarzen Augen sprang mir die Antwort entgegen wie ein Panther.

In der schmalen Straße neben dem Weißen Bräuhaus wäre ich beinah umgekehrt und zu Lissy und Ringo zurückgegangen, um sie zu fragen, ob sie mich mitnähmen nach Berlin.

Den Gedanken hatte ich nicht wirklich gedacht, er war bloß da gewesen, irgendwie unsichtbar und unbegreiflich in meinem Kopf, aber stark genug, um mich zu erschrecken. Um mich mehr zu erschrecken als der schlimmste Albtraum.

Und je länger ich jetzt in die schwarzen Augen der Bedienung schaute, desto weniger fürchtete ich mich. Keine Ahnung, wie das möglich war. Aber so war's. Diese Augen saugten irgendwie den Schrecken aus mir raus. Total raus. In Mikrosekunden.

Und als ich fertig war mit Schauen, war mir klar, dass es etwas gab, das ich auf keinen Fall wollte: mit zwei runtergerissenen Typen und einem gestörten Köter nach Berlin trampen.

Ich glaube, ich machte irgendeine Grimasse, denn die Frau sagte: »Hast du eben mit mir geflirtet, kleiner Mann?«

Das war das Allerübelste, was sie sagen konnte. Und ich verzog meinen Mund zu einem schiefen Grinsen, Rico-mäßig, und wie auf Bestellung hielt eine Tram ein paar Meter entfernt.

Ich lief hin und stieg ein. Vom Fenster aus sah ich die Bedienung, die auf den hohen Tischen die Aschenbecher zurechtrückte.

Irgendwie verlief mein Geburtstag komplett anders, als ich mir das gedacht hatte.

Und dann hatte ich auch noch eine Straßenbahn erwischt, die direkt ins Westend fuhr! Im Westend war der Schwaigerwirt.

6

Im Schwaigerwirt saß mein Großvater und hatte zufällig frei, als ich an diesem 24. August hereinkam.

Zuerst dachte ich, die Kneipe hätte geschlossen und jemand hätte bloß vergessen abzusperren. Dann dachte ich, die Kneipe würde überhaupt nicht mehr bewirtschaftet und jemand hätte bloß vergessen, meinem Opa das mitzuteilen, weshalb er immer noch an seinem Tisch saß und auf eine Bedienung wartete.

Im Gegensatz zu draußen roch es im Lokal nach nichts anderem als Zigaretten, Bier, uraltem Essen und so wie in dem Raum, wo bei uns die Müllcontainer stehen. Vielleicht fiel mir das nur auf, weil es auf der Straße, trotz der Autos, süß und sommerlich und irgendwie sonnig gerochen hatte. Die Aprikosen und Pflaumen und was sonst noch für Früchte in den Kisten vor dem griechischen Geschäft lagen, hatten einen solchen Duft verströmt, dass ich fast stehen geblieben wäre.

Außerdem sah es in dem Viertel aus, als wären sämtliche Häuser neu angestrichen, die Straßen abgespritzt und die Fenster poliert worden, damit das ganze Licht auch richtig zur Geltung kam.

Im Schwaigerwirt war alles aschig grau.

Und als ich die Tür öffnete, die merkwürdigerweise zu war, und einen Schritt nach drinnen machte, hatte ich plötzlich die Vorstellung, die Sonne, die gerade noch überall um mich herum blühte, würde schlagartig verwelken, und ich war einer, der November anschleppte.

»Hi, Opa«, sagte ich.

Sein Bierglas war leer, seine Zigarette brannte im Aschenbecher vor sich hin, er hatte den Kopf nach vorn gebeugt und sein grauer Filzhut war kurz davor, runterzurutschen.

Außer ihm war niemand im Lokal. Soweit ich das im Rauch und dem trüben Licht erkennen konnte.

Interessant war, dass neben dem Wandschrank mit den Pokalen ein riesiges Spinnennetz hing, in dem tatsächlich eine Spinne krabbelte. Und der einzige Lichtstrahl, der es schaffte, durch die grauen Gardinen und an den total eingestaubten Grünpflanzen vorbei in die Gaststube vorzudringen, fiel genau auf sie drauf. Wurden Spinnen braun, wenn sie in der Sonne lagen? Oder, dachte ich, fangen die dann an zu brutzeln, wenn sie nicht rechtzeitig in den Schatten kriechen? Wahrscheinlich kam ich auf diesen Gedanken, weil es plötzlich nach Schnitzel roch.

»Lass dir's schmecken, Hans«, sagte die Frau, die meinem Großvater den Teller hinstellte. Von dem Teller hing rechts und links ein Mordsfetzen Fleisch runter, garniert mit einer Zitrone und daneben Kartoffeln und Erbsen, die, verglichen mit den Farben, die sonst zu sehen waren, praktisch leuchteten, und zwar in einem Grün, das in der Natur so nicht vorkam.

»Mahlzeit«, sagte ich.

Jetzt hob er den Kopf.

»Wo kommst du denn her, Lukas?«, sagte er. Und ich sah, dass er sich nicht rasiert hatte und seine Augen voller Adern waren, die da irgendwie nicht hingehörten, jedenfalls nicht in dieser Farbe.

»Ich geh so rum«, sagte ich.

»Setz dich«, sagte er, »willst was essen? Irmi, bring meinem Enkel auch eine Portion!«

»Nein, danke«, sagte ich.

»Was jetzt?«, sagte Irmi. Sie war eine große breite Frau mit einem bleichen Gesicht. Ich kannte sie. Jedes Mal, wenn ich sie sah, war ihr Schnurrbart etwas mehr gewachsen. Eines Tages würde sie vielleicht einen Vollbart haben und ich hoffte, mein Großvater würde alt genug werden, damit wir beide diesen Anblick dann genießen konnten.

»Hab keinen Hunger«, sagte ich.

»Bring ihm was zu trinken«, sagte mein Großvater.

»Und was?«, sagte Irmi.

»Eine Cola«, sagte ich.

Irmi wackelte zum Tresen. Von hinten sah sie noch breiter aus. Ihr Hintern war mindestens dreimal so groß wie der meiner Mutter und wahrscheinlich wie der von jeder Frau, die ich bisher in meinem Leben gesehen hatte.

Vielleicht wollte mein Großvater einen Rekord aufstellen, vielleicht einen neuen Pokal für den Schrank gewinnen als schnellster Schnitzelverschlinger des Westends – denn als ich mich zu ihm umdrehte, lag nur noch ein winziges Stück auf seinem Teller. Dafür noch alle Erbsen und zwei Kartoffeln. Der Hut auf seinem Kopf wackelte, während er kaute, und er kaute ziemlich aufwändig, mit offenem Mund und Kiefern, die hin und her walkten, als müssten sie Steine zermalmen. Ich hörte ihn durch die Nase schnaufen. Jedes Mal, wenn er einen neuen Bissen nahm, ließ er das Besteck auf den Teller fallen, dass es klirrte. Er schmatzte, holte Luft, röchelte eigenartig und ackerte dann mit der Gabel weiter.

Irmi stellte mir die Cola hin.

»Danke«, sagte ich.

»Soll ich das Bier schon bringen?«, sagte sie.

Mein Großvater antwortete nicht. Irmi nahm das leere Glas mit.

Jahre vergingen, bevor mein Großvater wieder etwas sagte.

»Irmi!«, sagte er.

Den Teller mit dem grünen Erbsenhaufen und den zwei unförmigen Kartoffeln schob er von sich weg, als wäre er ihm lästig, steckte sich eine Ernte an und ließ das Feuerzeug auf den Holztisch fallen.

Er rauchte.

Irmi brachte ihm sein Helles.

»Hat's geschmeckt?«, fragte sie.

Mein Großvater nickte.

»Was ist mit den Erbsen?«

Mein Großvater schüttelte den Kopf.

Irmi nahm den Teller mit. Mein Großvater rauchte. Plötzlich grinste er mich an, eine Mikrosekunde lang. Ich kam überhaupt nicht dazu, zurückzugrinsen.

Wieder ging Zeit ins Land. Ich warf einen Blick zum Glasschrank mit den Pokalen. Die Spinne war außer Haus. Vielleicht sonnte sie sich draußen oder labte sich an Aprikosen.

Wieso war ich hierher gefahren? Ich hätte am Hauptbahnhof aussteigen und da rumschauen sollen. Das war ein totaler Fehler gewesen, in die Tram zu steigen, ich hätte zu Fuß in die entgegengesetzte Richtung gehen sollen, zum Englischen Garten, zum See, im Freien rumhängen, den Baseballspielern zusehen, den Trommlern zuhören, Hauptsache irgendwie unterwegs, ganz für mich, damit ich was hatte vom Tag!

Stattdessen hockte ich beim Schwaigerwirt am Tisch des Superschweigers. So schnell wie möglich wollte ich jetzt weg.

»Ist was?«, sagte mein Großvater. Er hielt die Zigarette mit der Glut nach unten und verdeckte sie mit der Hand, als würde ein Wind wehen. Garantiert fliegt an diesem Lokal sogar der Wind vorbei, weil er Angst hat, er kriegt keine Luft hier drin.

»Alles okay«, sagte ich.

Er drückte die Kippe im Aschenbecher aus, intensiv, als würde er eine Fliege zerquetschen.

»Ich geh dann wieder«, sagte ich.

Mein Großvater sah auf seine Uhr, ein silbernes Teil, mit dem man, wie er früher oft erzählt hatte, extrem tief tauchen konnte. Was mich ins Grübeln brachte. Weder mein Großvater noch jemand anderes in unserer Familie ging zum Tauchen und zumindest von meinen Eltern und meinem Großvater wusste ich, dass sie nicht einmal schwimmen konnten. Sollte ich die Uhr vererbt bekommen, war die Wahrscheinlichkeit gering, dass ich damit irgendwann mal bunten Fischen die Uhrzeit sagen würde. Das Wasser schien nicht gerade das Lieblingselement unserer Familie zu sein.

Unerwartet sagte mein Großvater: »Du hast heut Geburtstag.«

Ich nickte.

»Wieso bist du nicht bei deinen Eltern?« Er rief Irmi.

»Ich wollt in die Stadt«, sagte ich.

»Allein?«

»Ja.«

Er runzelte die Stirn. Es entstand ein einziges Runzelgetümmel da oben.

Irmi kam aus der Küche, mit gelben Gummihandschuhen. Sofort stellte ich sie mir als den Schnurrbartwürger vom Westend vor, keine Fingerabdrücke, nur ein paar Barthaare, weshalb die Mordkommission auf einen männlichen Täter tippte.

»Mein Enkel hat heut Geburtstag, hast du Kuchen da?«

»Kekse hätt ich«, sagte Irmi. Früher hatte ich geglaubt, sie könne nur mich persönlich nicht leiden. Inzwischen war ich überzeugt, sie hasste alle Kinder und wahrscheinlich alle Menschen, die kleiner, dünner und unbehaarter waren als sie. Vielleicht rasierte sich mein Großvater deswegen nicht mehr: damit sie ihn nicht auf die Straße setzte.

»Nein, danke«, sagte ich.

»Du bist nicht zufällig von zu Hause weggelaufen, was?«

»Nein«, sagte ich.

Er zündete sich eine Zigarette an. »Allein in der Stadt. Das ist doch langweilig, das ist doch nichts für dich. Triffst du dich mit deinen Freunden?«

»Einen hab ich schon getroffen«, sagte ich.

Er legte die Zigarette in den Aschenbecher, griff in seine Hosentasche und holte seinen viereckigen flachen Geldbeutel hervor.

»Ich bin nicht deswegen hier«, sagte ich. »Ich bin nur zufällig vorbeigekommen.«

Er steckte den Geldbeutel wieder ein. Vor mir lag ein Fünfzigeuroschein, in der Mitte ordentlich gefaltet.

»Alles Gute zum Geburtstag«, sagte mein Großvater.

»Herzlichen Glückwunsch«, sagte Irmi. Es klang wie: Auch du wirst alt und hässlich werden.

»Danke«, sagte ich.

»Steck den Schein ein«, sagte mein Großvater. Ich steckte den Fünfziger in die Hosentasche.

»Nicht verlieren«, sagte mein Großvater. Dann nahm er seine Zigarette und teerte seinen Redefluss zu.

Irmi zuckte mit der Schulter und ging zurück in die Küche. Bevor ich aufstand, kontrollierte ich das Spinnennetz. Unbewohnt baumelte es von der Decke. Von draußen fiel kein Licht mehr herein, vielleicht hatte sich die Spinne aus dem Staub gemacht.

Ich streckte meinem Großvater die Hand hin. Er drückte zu und behielt die Zigarette dabei im Mund.

»Wie geht's der Mama?«, fragte er.

»Geht so«, sagte ich.

Wieder Gerunzel auf seiner Stirn, dann nahm er die Zigarette aus dem Mund und hielt sie mit der Glut nach unten.

»Grüß Max von mir.«

Max war mein Vater, sie nannten sich beide beim Vornamen, was ich merkwürdig fand. Und was ich ebenfalls nicht verstand, war, dass mein Großvater meine Mutter immer Mama nannte, auch in ihrer Gegenwart. Natürlich nannte er sie nur Mama, wenn er überhaupt mal den Mund aufbrachte in ihrer Gegenwart.

»Kauf dir was von dem Geld«, sagte er.

Ich dachte, vielleicht hatte er vor kurzem eine Ausbildung als Redner gemacht.

»Wiedersehen«, sagte ich zur Theke, Irmi war nicht da. Zu Großvater sagte ich: »Ciao.« Und als wäre er ein unrasiertes Echo, sagte er: »Ciao.«

Wenn ich meiner Mutter sagen würde, dass Großvater mir fünfzig Euro geschenkt hatte, würde sie behaupten, er hätte mir wieder was von seinem Trinkgeld abgegeben. Und dann würde ich sagen: Als ich bei ihm war, hatte er frei. Und meine Mutter würde sagen: Er ist ja auch nicht mehr der Jüngste.

Was war so furchtbar an Pferdewetten? Bei meinem nächsten Besuch im Schwaigerwirt wollte ich ihn einfach drauf ansprechen. Falls er in der Zwischenzeit nicht an einem Schnitzel erstickt oder aus Versehen von Irmi zerquetscht worden war.

7

In der Sonne schüttelte ich mich wie ein Hund, der aus dem Wasser steigt, und legte den Kopf in den Nacken. Ich wusste nicht, was mit mir los war. Am liebsten wäre ich losgerannt, die Gollierstraße vor zur Theresienhöhe, dann den Berg runter und quer über den großen Platz, auf dem im Herbst das Oktoberfest stattfand, und von der anderen Seite wieder zurück und dann im Kreis, an der bronzenen Bavaria vorbei, einfach drauflos, und ich freu mich, dass ich allein bin und niemand mir reinredet oder was anderes will als ich.

Und gerade, als ich tatsächlich loslaufen wollte – ich ging bei Rot über die Ampel und am Karstadt-Hochhaus vorüber –, da hielt ich inne und dachte an das Mädchen.

Auf einmal sah ich sie vor mir, die blaue Tasche über der Schulter, die dunkle Sonnenbrille im Gesicht. Und ich dachte, sie kriegt überhaupt nichts mit von dem Tag, von der ganzen Sonne, von den Bäumen, an denen die Blätter so leuchteten, als würde jemand eine Taschenlampe mit einem grellen Licht draufhalten, auf jedes einzelne Blatt. Und ich dachte, sie kann die Früchte überhaupt nicht sehen, die rot und grün und gelb und orange und lila und blau sind und winzige Wasserperlen darauf wie Schmuck, und sie kann die rote Katze überhaupt nicht sehen, die sich mitten auf dem Bürgersteig hinfläzt, weil da wahrscheinlich das Pflaster am wärmsten ist. Und sie kann die Leute in den kurzen Hosen und den irren Sonnenbrillen nicht sehen und die Cabrios mit den lässigen Typen am Steuer und die Blumen zwischen den Trambahnschienen und die ganze Stadt, die großartig war heute, und vielleicht hatte meine Mutter die Wahrheit gesagt: dass in der Maximilianstraße das schönste Abendlicht schien, das man sich vorstellen konnte, und heute brauchte man es sich überhaupt nicht vorzustellen, heute war es tatsächlich da, später, in ein paar Stunden.

Ob sie zumindest einen winzigen Ausschnitt von all dem sehen konnte? Einen Fingerhut voll Sonne?

Nein, sie war gegen einen Stuhl gerannt, den kein Mensch übersah, sie hatte Schiss, allein über die Straße zu gehen. Und ich hätte sie beinah umgestoßen, wenn sie sich nicht festgehalten hätte. Wie hätte sie ahnen sollen, dass da einer die Rolltreppe in falscher Richtung lief?

An der Ecke zur Theresienhöhe blieb ich stehen und kam mir blöde vor, weil ich nicht geschnallt hatte, was mit ihr los war. Ich kam mir sowieso total blöd vor jetzt. Hatte mir groß vorgenommen, durch die Stadt zu kreisen, und was tat ich in Wirklichkeit? Blieb an jeder Ecke hängen, redete mit Pennern, sprang in irgendwelche Straßenbahnen, als wär ich auf der Flucht, besuchte meinen Großvater in seinem sinnlosen Lokal, stand rum und wusste nicht weiter. Dauernd überlegte ich was, dauernd ließ ich in meinem Kopf die Gedanken los wie ein Rudel Hunde, und die zogen mich dann durch die Gegend, überall hin, und ich kam nicht dazu, zu überlegen, ob ich überhaupt dahin wollte, ich stolperte einfach hinterher.

Heute war mein vierzehnter Geburtstag. Von heute an war ich strafmündig. Und wenn ich einen Antrag stellte, bekam ich meinen ersten Personalausweis mit einem ordentlichen Foto drin. Ich hatte es geschafft, abzuhauen, ohne dass meine Eltern was mitkriegten, und was passierte? Erst ließ ich mich von Rico aufhalten und dann von allen möglichen anderen Leuten. Die spürten das, dass ich ein leichtes Opfer war, die rochen das. So wie ich gerochen hatte, ohne hinzuschauen, dass der Grieche in der Nähe des Schwaigerwirts Melonen verkaufte, auch wenn man Melonen überhaupt nicht riechen kann, jedenfalls nicht auf die Entfernung. Ich schon.

Und die Leute rochen, was ich für einer war. Und damit war jetzt Schluss! Endgültig Schluss! Mit vierzehn, dachte ich und blieb stehen, weil an der Ampel Grün war, hab ich meinen eigenen Willen, und den hat jeder zu akzeptieren, und keiner schreibt mir irgendwas vor, egal, ob er alt ist oder blind. Kapiert?

Endlich war Rot und ich überquerte die Straße. Beinah hätte der Fahrradfahrer, der wegen mir eine Vollbremsung machen musste, ein Rad geschlagen. Das wär ein Schauspiel gewesen.

Ging mich nichts an, dass das Mädchen blind war. Es war nicht meine Schuld, dass sie gegen den Stuhl auf dem Gehsteig geknallt war. Ich hatte ihr über die

Straße geholfen, das reichte. Damit war die Sache erledigt und ich brauchte nicht mehr an sie zu denken. Irgendwie würde sie schon merken, dass die Sonne schien.

Und damit strich ich das Mädchen aus meinem Gedächtnis.

»Ich heiß Lukas«, sagte ich.

»Hallo«, sagte sie.

»Hallo.«

»Bist du mir gefolgt?«

»Nein.«

»Woher weißt du, dass ich hier arbeite?«

»Hab ich nicht gewusst, ich hab einen Zettel gesehen, als dir die Tasche runtergefallen ist.«

»Was für einen Zettel?«

»Einen Zettel ... einen Block ...«

»Meinen Bedienungsblock.«

»Ja.«

»Willst du was trinken?«

»Ja.«

»Und was?«

»Ja ... eine Cola ...«

»Bring ich dir, Lukas. Ich heiß Sonja.«

»Bist du mit der Sonne verwandt?«, sagte ich, und das war mir sofort so total peinlich, dass ich mir am liebsten die Zunge in Scheiben geschnitten hätte.

8

Von jetzt an schaute ich bloß noch.

Ich schaute Sonja dabei zu, wie sie Biergläser auf einem Tablett durch das Lokal trug und wie sie sie hinstellte. Wie die Gäste freiwillig ihre leeren Gläser aufs Tablett stellten und wie Sonja damit zur Theke ging, das Tablett an eine bestimmte Stelle legte und die Gläser abspülte. Danach wischte sie mit einem Lappen den Tresen ab und hängte ihn an einen Haken.

Einer der fünf Gäste, die an diesem Nachmittag im »Goran« saßen, hatte ein Gulasch bestellt und Sonja brachte es ihm. Dazu eine Portion Gurkensalat. An der Durchreiche zur Küche nahm sie die beiden Teller entgegen und ging dann zum Tisch, als wäre das das Normalste von der Welt. Den Teller mit dem Fleisch stellte sie dem Mann genau so hin, dass er das Fleisch vor sich hatte und nicht den Semmelknödel. Das war die richtige Art, zu servieren, wie mir mein Großvater mal erklärt hatte.

»Schaut gut aus«, sagte der Mann.

»Riecht auch gut«, sagte Sonja.

Sie kam her und setzte sich. Wenn ich mich getraut hätte, hätte ich sie gefragt, ob sie Zitronenparfüm benutzte.

»Hast du deine Eltern verloren?«, fragte sie.

Auf so eine Gemeinheit sagte ich sofort überhaupt nichts.

Wieso war ich hierher gekommen? Wieso war ich nicht zum Hauptbahnhof gegangen, was ich eigentlich vorgehabt hatte, nachdem ich aus dem Spinnenloch wieder raus war?

Wieso war ich den ganzen verdammten Weg durch die Innenstadt und auch noch einen Umweg gelaufen, weil ich nicht schon wieder durch die nervige Fußgängerzone wollte, um mich hier von einer blinden Bedienung anmachen zu lassen?

Wieso hab ich alle zehn Meter auf der Rumfordstraße jemanden gefragt, ob er das »Goran« kennt? Und wieso hab ich dann ewig vor der Tür gestanden und mich nicht reingetraut?

Und wieso sitz ich jetzt hier und bin nicht draußen, wo es viel besser ist und niemand mich zuquatscht mit Fragen?

»Bist du abgehauen?«, fragte sie.

»Wie alt bist du?«, fragte sie.

»Geht's dir nicht gut?«, fragte sie.

»Warum sagst du nichts?«, fragte sie.

Kann ich dir sagen: weil ich nicht will! Ich will nicht, ich will bezahlen und gehen, ich will nichts, nichts, ich kenn dich nicht, ich will nichts mit dir zu tun haben! Ich will einfach nur durch die Stadt kreisen und meinen Geburtstag feiern, ich hab nämlich heut Geburtstag, aber das verrat ich dir nicht und das geht dich auch nix an, ich kann heut machen, was ich will, und ich will meine Ruhe haben! Dauernd redet wer auf mich ein, laber laber, heut nicht, heut bin ich allein für mich und du hast überhaupt nichts mitzureden, das war nur ein blöder Zufall, dass wir uns begegnet sind! Du hast mir im Weg gestanden, ich bin nicht schuld, dass wir uns begegnet sind, verstehst du? Ich wollt das nicht, ich wollt dich nicht anrempeln. Wenn du nicht wie festgeschraubt dagestanden hättest, wär nix passiert! Und ich wär jetzt nicht hier. Ich will jetzt weg, ich will bezahlen und dann will ich raus und dann will ich rumlaufen, irgendwohin, ich brauch keine Richtung, ich geh einfach, kapiert, das will ich und sonst nichts!

»Was willst du?«, fragte sie.

»Was?«

»Ich hab schon gedacht, du bist stumm geworden«, sagte sie.

Ich sagte: »Ich bin nicht stumm, verdammt!«

»Bist du sauer?«

»Nein!«, sagte ich.

Der Typ mit dem Gulasch sah zu uns her. Er hatte sich die Serviette in den Kragen gesteckt, was ich total dämlich fand. Auf der Serviette waren lauter Spritzer.

»Was ist?«, fragte Sonja.

»Ich will zahlen«, sagte ich.

»Du bist eingeladen.«

»Wieso denn? Ich lass mich nicht einladen!«

»Warum nicht?«

»Was?«

»Noch einen Schoppen, Sonja!«, rief eine Frau, die an einem Tisch in der Nische saß.

Sonja schob den Stuhl nach hinten und stand auf.

Das ärgerte mich, dass sie gleich lossprang, bloß weil die alte Schnepfe neuen Alk brauchte.

»Ich will aber zahlen!«, sagte ich.

»Hat dir deine Mama verboten, dich einladen zu lassen?«

Wenn sie keine Behinderte gewesen wäre, hätte ich ganz schön was erwidert.

Als sie aus der Nische zurückkam, sah sie zu mir her, sie drehte den Kopf zu mir. Sie hatte immer noch ihre Sonnenbrille auf und ich verzog keine Miene. Auch die alte Schnepfe stierte zu mir her und der fette Typ, der bei ihr saß, grinste total aufdringlich.

Die gehen mich alle nicht das Geringste an, ich steh jetzt auf und geh und schon bin ich auf der Straße und ich hab's nicht weit bis zum Fluss. Überall liegen Leute in den Wiesen am Ufer und der Fluss ist supergrün und in der Nähe der Brücke steht ein Eiswagen und da kauf ich mir ein Schokoladeneis und dann geh ich durchs Gras und die Sonne knallt auf mich drauf, und wenn mir ein Hund entgegenkommt, weich ich nicht aus, bin kein dämlicher Köterausweicher, und ich hab meine Ruhe, verdammt!

»Was denkst du?«

Die Frage krachte in mein linkes Ohr und ich zuckte so zusammen, dass ich mein Glas umschmiss. Es war leer, aber das Umfallen machte einen solchen Krach auf dem Holztisch, dass alle Leute herglotzten, direkt zu mir, als hätte ich irgendwas mit ihrer Bedienung angestellt.

Und völlig daneben war, dass sie das Glas schon wieder hingestellt hatte, bevor ich meine Hand ausstreckte.

»Bist du nervös?«, fragte sie.

Ich wollte was sagen. Ich hatte den Mund schon auf, der erste Buchstabe spazierte schon die Zunge hoch, und was ich sagen wollte, das würde ihr nicht gefallen, das würde ihr überhaupt nicht gefallen und das war angemessen, total angemessen. Da hob sie den Arm und winkte.

Sie winkte schräg an mir vorbei, fuchtelte mit ihrer Hand rum, als wäre die Kneipe so groß wie ein Wartesaal am Bahnhof und ein Zug hätte gerade gehalten und Millionen Leute steigen aus und man muss sich auf die Zehenspitzen stellen, damit man was sieht.

Tatsächlich stand sie auf. Kam die Königin von Schweden ins »Goran«? Wurden gleich die Hymnen gespielt? Gab es Freibier für alle?

Mit ausgebreiteten Armen wartete sie auf jemanden. Und weil ich nur sie anschaute und dann auch noch über ihre braun gebrannten Beine nachdachte und darüber, wie das möglich war, dass eine Blinde als Kellnerin arbeitete, bekam ich nichts mit von der ganzen Begrüßungszeremonie.

Erst als sich die beiden Mädchen zu Ende umarmt und geknutscht hatten und mir das andere Mädchen die Hand hinstreckte, kriegte ich mich wieder ein.

»Hi, ich bin Vanessa«, sagte sie.

Ich drückte ihr die Hand, als wären wir irgendwelche Staatsoberhäupter.

Vanessas Haare waren genauso kurz wie die von Sonja, aber viel blonder, extrem blond, fast gelb, eigentlich maisgelb, ziemlich merkwürdig. Ihr weißes T-Shirt war nicht gerade größer als ihr Bikini, den sie drunter trug, und wahrscheinlich war ihr T-Shirt deswegen so kurz, damit man den silbernen Knopf in ihrem Bauchnabel nicht übersah. An ihren abgeschnittenen superkurzen Jeans hingen Fransen, und wenn sie dachte, jemand würde allen Ernstes glauben, sie hätte die Hose eigenhändig abgeschnitten, dann konnte man sie bemitleiden. In unserem Obergiesinger Kaufhaus gab es die Dinger massenhaft, fabrikneu, inklusive Fransen. Elsa trug die gleichen, auch wenn bei ihr der Hintern nicht richtig reinpasste und die Hose aussah, als wär sie vor kurzem explodiert.

»Darf ich mich setzen?«, sagte Vanessa.

Ich sagte: …

»Klar«, sagte Sonja und verschwand. Und Vanessa setzte sich mir gegenüber auf den Stuhl. Ihre blaue Sporttasche legte sie auf den Stuhl neben sich.

Sie glotzte mich an.

»Bist du ein Freund von Sonja?«, fragte Vanessa.

Anscheinend war ich in ein gigantisches Frage-und-Antwort-Spiel geraten. Aber Millionär konnte ich dabei nicht werden, das stand fest.

»Sag doch was«, sagte sie.

»Was?«, sagte ich.

»Du bist spaßig«, sagte sie.

Also schwieg ich spaßig.

Aus dem Radio kam leise Musik und der Fernseher oberhalb des Tresens lief ohne Ton. Keiner der Gäste bewegte sich, jedenfalls kam es mir so vor. Auch redeten sie nicht, hockten da und taten überhaupt nichts. Nicht mal ihre Gläser rührten sie an. Oder hatte mir die Sonne schon ein Loch ins Hirn gebrannt, dass ich nichts mehr mitkriegte?

Nein, alle hockten da und warteten vielleicht auf irgendwas. Vielleicht auf ein Wunder. Darauf, dass Sonja plötzlich wieder sehen konnte.

Plötzlich dachte ich: Vielleicht ist die überhaupt nicht blind, vielleicht tut die nur so! Vielleicht ist das alles ein Scheißspiel und ich bin irgendwie reingeraten und komm nicht mehr raus. Vielleicht hat sich jemand ein verdammtes Spiel für meinen Geburtstag ausgedacht und ich merk nicht den Unterschied zwischen dem, was echt, und dem, was getrickst ist! Wie in dem Film, der neulich im Fernsehen lief, wo ein arroganter Geldheini von seinem Bruder, der ihm was heimzahlen will, ein gemeines Geschenk bekommt, eine Art Reality-Show, und alle Leute, denen der Geldheini begegnet, sind Schauspieler und spielen mit ihm und machen ihn total fertig, auch die Frau, die er in einem Lokal trifft, sie schüttet ihm was übers Hemd und dann bleibt sie an ihm kleben und er denkt, sie will was von ihm, aber sie ist auch nur Angestellte in dem Spiel. Leider hatte ich den Schluss nicht gesehen, weil ich ins Bett musste, was meiner Mutter dreihundert Minuspunkte einbrachte.

Angenommen, Sonja war tatsächlich blind, wie hätte sie dann merken sollen, dass jemand zur Tür reinkam, noch dazu ihre Freundin? Sie breitete die Arme aus, das hieß, sie wusste, wer es war, sie hatte den neuen Gast *gesehen*, anders war das alles nicht möglich. Unmöglich! Die wollten mich austricksen.

Dann fiel mir Rico ein, den ich am Stachus-Brunnen getroffen hatte, was machte er um die Zeit dort? Er hatte behauptet, er wär verabredet, Blödsinn! So früh am Morgen verabredet der sich nicht, das ist nämlich ein Langschläfer. Wenn keine Schule ist, pennt der ohne Ende. Also, wieso tauchte der da plötzlich auf? Um mich zu kontrollieren! Um zu checken, ob alles glatt läuft, ob die Show funktioniert! Verdammte Show! Ich musste hier raus, endlich raus hier!

»Willst du noch eine Cola?«, fragte jemand. Es war Sonja. Sie hatte ihrer Freundin ein großes Glas Mineralwasser hingestellt und trank selber Limo.

»Nein«, sagte ich, »und du brauchst nicht so tun, als wärst du blind, das ist nämlich blöd.« Ich stand auf und drückte mich zwischen Bank und Tisch durch.

»Warum glaubst du, dass ich bloß so tu?«, sagte Sonja.

»Weil ich's weiß«, sagte ich.

»Bleib da«, sagte Sonja und hielt mich am Arm fest.

Das war eine eigenartige Berührung. Auch meine Mutter hielt mich manchmal am Arm fest, vor allem, wenn ich ihrer Meinung nach zu früh vom Essen aufstand oder wenn sie eine bestimmte Antwort von mir erwartete, die ich ihr aber nicht geben wollte. Ihr Griff war nicht hart, nur fest. Wenn ich es drauf angelegt hätte, hätte ich mich leicht befreien können.

Sonjas Griff war nicht fest, sondern hart. Und ich hatte sofort den Scheißverdacht, dass es nicht so einfach war, ihre Hand irgendwie wegzubiegen. Die hing an meinem Arm wie ein Schraubstock und ich kam mir total feige vor.

»Sag mir, warum du glaubst, ich spiel dir was vor!«, sagte Sonja.

»Ist mir doch egal!«, sagte ich.

»Glaubst du, Blinde sind dämlich?«, sagte Sonja. Und ihre Finger bohrten sich in meinen Arm, dass ich vor Schmerz aufschrie. Das war garantiert der niederschmetterndste Moment meines Lebens. Ich in dieser verdammten Kneipe mit all den Zombies vor ihren leeren Gläsern und lass mich von einem Mädchen misshandeln, das null Augen im Kopf hat.

»Glaubst du, dass Blinde dämlich sind?«, wiederholte sie. Jetzt war ihre Stimme so laut, dass wahrscheinlich die Leute von der Straße reinkamen, um zu sehen, was abging. Außerdem hörte ich schon die Knochen in meinem Arm knacken.

»Was?«, sagte sie, und zermalmte meine Muskeln.

»N-nein …«, stieß ich hervor.

»Was?«, sagte sie und ich krümmte mich, ich musste mich krümmen, seitwärts, total schief stand ich da, und wenn ich meine Augen nicht so fest zugedrückt hätte, dann wären die Tränen nur so auf Vanessas Oberschenkel draufgetropft, und das wäre dann der Gipfel der Peinlichkeit und der Feigheit und von allem andern in dieser Richtung gewesen.

»Au!«, sagte ich.

Sie ließ nicht los.

Wie lange dauerte es noch, bis die Gäste anfingen zu klatschen, sie anzufeuern, damit sie mich zu Boden zwang wie beim Wrestling, und dann drückt sie mir ihr Knie in den Nacken und ich geb auf.

»Ich geb auf«, sagte ich. Nie und nimmer wollte ich so etwas sagen. Die Wörter tropften irgendwie aus meinem Mund raus.

Zehn Sekunden später merkte ich, dass sie mich losgelassen hatte.

»Blinde sind nicht blöd«, sagte sie.

In meinem Oberarm war wahrscheinlich ein Loch.

Vorsichtig schaute ich hin. Eine massive Druckstelle war da, sie verfärbte sich schon. Ich hatte Schmerzen von der Schulter bis in die Fingernägel. Und schlecht war mir auch. Und aufs Klo musste ich auch. Aber wenn ich das jetzt laut gesagt hätte, dann wären sie alle gestorben vor Lachen.

»Ich glaub, du musst dich entschuldigen«, sagte das Mädchen mit der missratenen Hose. Ihren Namen hatte ich vergessen.

»Tut mir echt Leid«, sagte ich. Meine Stimme hörte sich an, als quäkte ein Baby in meinem Rachen.

»Okay«, hörte ich Sonja sagen, »setz dich wieder, ich bring dir noch was zu trinken. Oder musst du schon los?«

»Nein«, sagte ich. Keine Ahnung, wieso ich Nein sagte anstatt Ja!

»Sie ist heut nicht gut drauf«, sagte das Mädchen mir gegenüber.

Nur mit großer Selbstdisziplin schaffte ich es, mir mit der anderen Hand nicht die Stelle zu massieren, an der früher mein Bizeps gewesen war. Jetzt war dort ein brennendes Loch.

»Warum hast du das gesagt?«, fragte das Mädchen.

Auch das, was ich gesagt hatte, wusste ich nicht mehr.

Sonja stellte mir ein Glas Mineralwasser hin.

»So viel Cola ist ungesund«, sagte sie. Und zu ihrer Freundin: »Möchtest du eine Suppe, Vanessa?«

»Nein, wann kannst du los?«

»In einer halben Stunde.«

Aus Versehen hob ich das Glas mit der rechten Hand. Es rutschte mir aus den Fingern und das gesunde Wasser ergoss sich über den Tisch.

»'tschuldigung«, sagte ich schnell und erschrocken. Jetzt schlug mir auch noch das Herz bis zur Nase.

»Warte«, sagte Vanessa. Sie lief zum Tresen, holte einen Schwamm und eine Küchenrolle und wischte das Wasser auf. Dann trug sie die Sachen zurück und setzte sich wieder.

»Danke«, sagte Sonja, die stehen geblieben war. Sie schaute auf mich herunter. Zumindest hatte sie den Kopf gesenkt.

Jetzt hatte ich auch ein leeres Glas vor mir stehen wie die anderen Zombies.

»Ich wollt dir nicht wehtun, Lukas«, sagte sie.

»Du bist also der Lukas«, sagte Vanessa.

Ja, Vanessa, sagte ich nicht.

Aus der Küche kam ein Mann in einem weißen Unterhemd und einer grauen Hose, vor die er eine Schürze gebunden hatte. Die war so schmutzig, dass sich meine Mutter auf der Stelle übergeben hätte.

»Wo bleibt meine Frau so lang?«, sagte er. Seine Stimme klang, als würde er Zigaretten stereo rauchen. Er zündete sich eine an und blickte in die Runde.

»Sie wollte noch schnell ein paar Blumen holen«, sagte Sonja.

»Geht's noch, ja?«, sagte der Koch zu dem Typ, der das Gulasch gegessen hatte.

»Bei mir schon, bei dir?«, sagte der Typ.

Der Koch hörte nicht hin. Seine Blicke hagelten auf mich runter.

»Darfst du schon in eine Wirtschaft, Kleiner?«

Ich nickte.

»Wenn die Maria da ist, kannst abhauen«, sagte er zu Sonja. Drehte sich um, ging zum Tresen, zapfte ein halbes Glas Bier und verschwand in der Küche.

»Das ist Goran«, sagte Sonja.

»Wenn du willst, kannst du mit uns schwimmen gehen«, sagte Vanessa.

»Nein«, sagte ich. Ich musste immer noch aufs Klo und die Gelegenheit war wieder schlecht.

»Was hast du denn noch vor?«, fragte Sonja.

Ich sagte: »Geh so rum.«

»Dann kannst du ja auch mitkommen. Oder musst du vorher deine Mama um Erlaubnis fragen?«

Zack!, legte ich meine Hand auf den Oberarm, der halb taub war, massierte ihn, was unfassbar wehtat, und sagte Sonja ins Gesicht: »Erst geh ich aufs Klo und dann geh ich mit euch schwimmen!«

Als ich aufstand und mich an ihr vorbeidrängte, lächelte sie. Ich wär fast am Tisch hängen geblieben vor lauter Hinglotzen.

9

In der U-Bahn hätte ich auch unsichtbar sein können. Ich hockte ihnen gegenüber und sie schauten durch mich durch wie durch ein Fenster, das super poliert ist. Zuerst drehte ich mich tatsächlich um, weil ich dachte, vielleicht ist Tom Cruise hinter mir reingekommen oder irgendein Soap-Heini aus dem Fernsehen.

In Wirklichkeit stand da ein Typ in einer uralten Jacke, mit einer Knollennase im Gesicht, die so rot war wie die Tomaten beim Griechen im Westend. Schweiß tropfte ihm von der Stirn, kein Wunder bei der total dicken Jacke, die aussah, als hätte er sie auf einem Flohmarkt am Nordpol gekauft.

Ob die beiden Mädchen ihn überhaupt bemerkten, war mir nicht klar.

Sie redeten und redeten, als müssten sie an der nächsten Haltestelle ihre Stimme abgeben.

Wieso war ich bloß mitgegangen? Wieso saß ich jetzt schon wieder wo drin anstatt draußen zu sein und irgendwohin zu gehen, ganz gleich wohin, irgendwohin.

Die Luft in der U6 war zum Kotzen. Es roch übel und die Leute glotzten dämlich vor sich hin und ich wartete, dass hinter mir was krachte oder wenigstens rumpelte. Dass der Typ zusammenklappte oder sich die Klamotten vom Leib riss und durchdrehte.

Stattdessen dröhnte Sonjas und Vanessas Gelaber in meinen Ohren. Sie redeten über Zeug, das die eine gekauft und die andere woanders billiger gesehen hatte. Und über eine schwachsinnige Serie, in der ein schwachsinnig aussehender Schleimer, den sie für den perfekten Mann hielten, ein ihrer Meinung nach total dumpfbackiges Girlie mies behandelte und sie auch noch schwängerte. Meiner Meinung nach war dieses Mädchen die einzig normale Figur in der Serie, was ich aber für mich behielt.

Und dann schaute mich Vanessa wieder an und ich kapierte nicht gleich, dass ich auch ausgestopft hätte sein können, und sagte: »Ist was?«

Und sie: »Nö, wieso?«

Da hätte ich aufstehen sollen und gehen. Aus einem total sinnlosen Grund blieb ich sitzen und überlegte, wo ich meine Beine hinstrecken könnte.

Es war jetzt halb drei am Nachmittag und ich fing an zu vergessen, dass ich Geburtstag hatte. Ob meine Mutter die Polizei alarmiert hatte? Wahrscheinlich nicht, ziemlich sicher nicht. Früher hatte ich sie ein paar Mal beobachtet, wie sie auf der Straße einen Typ in Uniform zusammenstauchte, weil er Kinder kontrollierte, die ein kaputtes Fahrrad hatten. Einmal hatte sie zwei Polizisten so angebrüllt, weil die mit ihrem Auto zu schnell durch unsere Straße gefahren waren, worauf sie fast eine Anzeige gekriegt hätte. Und ich erinnerte mich, wie mein Vater mal beim Abendessen sagte: »Von der Polizei darf man sich nicht einschüchtern lassen, nie und nirgends!«

Offensichtlich hatten sie zur Abwechslung mal eine Gemeinsamkeit. Ich kümmerte mich nicht um die Polizei. Wenn sie an unsere Schule kam, um nach Drogen zu suchen oder einen dieser total langweiligen Vorträge über die Gefahren der Sucht zu halten, las ich in meinem Buch weiter und tat so, als wäre ich brennend interessiert.

Allerdings hatte meine Mutter garantiert meinen Vater gezwungen, alle seine Kollegen zu informieren, damit sie bei jedem Jungen, den sie auf der Straße sahen, langsamer fuhren. Was passieren würde, wenn ich auch heute Nacht nicht nach Hause käme, und so würde es sein, war schwer vorherzusehen. Vielleicht zettelte sie eine Suche nach mir an, mit Hubschraubern und Hundertschaften und Hunden und Fernsehen, als wäre ich ein Mädchen, von dem nur das Fahrrad zurückgeblieben war. Mein Fahrrad stand im Garten, mit einem Platten.

Ins Fernsehen wollte ich bestimmt nicht. So einer war ich nicht. Für Rico wäre das die Krönung seines Lebens gewesen, Riesenfoto in der Tagesschau und auf der ersten Seite der Zeitung, das würde er sich ausschneiden und übers Bett hängen, genauso wie Elsa. Wenn die entführt worden wäre und man sie von mir aus nach drei Tagen wieder frei ließ, käm sie am nächsten Morgen mit einem dicken Ordner in die Schule, in dem sie sämtliche Artikel und Fotos eingeklebt hätte, tausend Seiten voll, und den anderen Schnepfen würd die Spange aus dem Mund fallen vor Neid.

Aufsehen musste ich unbedingt vermeiden, das war das Letzte, was ich brauchte.

»Wir müssen aussteigen«, sagte Sonja.

Von mir aus. Ich bleib sitzen und fahr weiter.

Eine Minute später ging ich hinter den zwei Sprechmaschinen die Treppe hinauf. Einer der Männer, die die Rolltreppe reparierten, pfiff ihnen hinterher und Vanessa wedelte tatsächlich mit dem Hintern. Dann fiel mir etwas ein.

»Jetzt haben wir vergessen, eine Badehose zu kaufen!«, rief ich.

Sonja blieb stehen und drehte sich zu mir um. Mit ihrem weißen Stock klopfte sie gegen die Wand.

»Du kannst eine im Schwimmbad kaufen, Lukas«, sagte sie.

Wie sie meinen Namen sagte, verwirrte mich schon wieder. Zu Hause sagte meine Mutter dauernd meinen Namen, als wüsste ich nicht, wie ich heiße, oder als wollte sie verhindern, dass sie selber ihn vergaß. Sie sagte Lukas und es klang immer gleich. Dagegen sagte mein Vater praktisch nie meinen Namen. Vielleicht fiel er ihm nie ein. Er sagte du oder Junge oder gar nichts, redete in meine Richtung, und weil außer mir niemand dastand, war ich gemeint.

Aus Sonjas Mund klang mein Name, als wäre jemand anders gemeint. Ich konnte mir das nicht erklären, sie stand zwei Stufen über mir und ich schaute zu ihr hinauf. Sie hatte sich die Lippen angemalt und beim Reden leuchteten sie. Oder die Sonne schien irgendwie günstig drauf. Was totaler Unsinn war, der Eingang zur U-Bahn-Station lag rechts hinter Sonja, und auch wenn die Sonne wie irre schien, um die Ecke schien sie nicht. Und sonst gab es kein spezielles Licht. Also bildete ich mir alles nur ein.

»Hörst du mir zu?«, sagte sie.

Verdammte Erschreckung!

»Ja«, sagte ich so kurz wie möglich.

»Die ist da nicht teurer als im Kaufhaus«, sagte sie.

»Los jetzt!«, sagte Vanessa und nahm Sonja am Arm.

Dann lächelte sie wieder. Halb im Wegdrehen. Aber ich bemerkte es, ich bemerkte es sogar besonders deutlich. Aus irgendeinem Grund drehte ich den Kopf und schaute nach unten. Da standen die Männer um die Öffnung vor der Rolltreppe und glotzten rauf und einer streckte die Zunge raus und ich kümmerte mich nicht weiter um die Idioten.

Als ich auf den Gehsteig kam, versperrte mir ein Auto den Weg. Ein Taxi! Ein Taxi mit einer Nummer, die ich kannte! Der Fahrer schrieb gerade eine Quittung, das sah ich von außen, und neben ihm saß eine alte Frau.

Der Fahrer war Bernhard Forster, den mein Vater Butz nannte, sie arbeiteten beim selben Unternehmen. Wenn Butz mich sah, war ich geliefert, bestimmt wusste er Bescheid, garantiert hatte mein Vater ihn angerufen und ihm klar gemacht, er soll die Augen offen halten.

Manchmal kam Butz zu uns zu Besuch. Er trank dann mit meinem Vater auf der Terrasse Bier und schimpfte. Über die Kunden, über das schlechte Geschäft, über die vielen Baustellen in der Stadt, über das Wetter, über die

Kollegen, über die Regierung und was ihn sonst noch alles nervte. Meine Mutter nannte Butz heimlich ein Brechmittel. Wenn mein Vater sie bat, ein frisches Bier zu holen, tat sie es, aber als Zuhörerin von Butz' Hassgesängen stellte sie sich nicht zur Verfügung. Das gefiel mir an ihr. Dass sie letztendlich total eigensinnig und stur war, vor allem in Gegenwart meines Vaters, diesem Feigling.

Jetzt ging die Beifahrertür auf. Die alte Frau hielt sich an der Tür fest und hatte anscheinend große Mühe, aus der Kiste rauszukommen. Butz fummelte an irgendwas rum, das ich nicht sehen konnte. Und ich hatte keine Zeit zum Glotzen. Zack! rannte ich los. An den Mädchen vorbei, zog den Kopf ein und lief so schnell ich konnte bis zur nächsten Kreuzung, die mindestens fünfhundert Meter entfernt war. Dort bog ich nach links ab, schaute mich kurz um und rannte weiter, bis ich vor dem rosa gestrichenen Haus ankam, über dessen Eingang ein Schild hing: Ungererbad.

Noch einmal sah ich vor bis zur Kreuzung.

Kein Taxi, kein Butz.

Ich keuchte. Der Schweiß lief mir übers Gesicht, ich wischte mit dem Ärmel drüber und ließ mich auf die Bank vor der Kasse fallen. Verdammte Beobachter überall! Wenn ich nicht aufgepasst hätte, säße ich jetzt fest und hätte das Brechmittel an der Backe.

Das hätte ich ihnen nicht verziehen, Sonja und dieser Schnepfe von Vanessa, die im Ernst glaubte, ihr Hintern wär so was wie eine Sensation. Für alte Säcke vielleicht, für mich nicht. Wo blieben sie überhaupt?

Ich stand auf und stellte mich ans Gitter beim Durchgang. Drin sah alles ziemlich überbevölkert aus. Auf den Wiesen lagen eine Million Leute und im Wasser waren genauso viele. Vor drei Jahren war ich zum letzten Mal in einem Schwimmbad gewesen, das war auf dem Land, meine Eltern wollten unbedingt einen Ausflug machen und da kam ihnen die grandiose Idee, mich in so einem Bad abzustellen. Ich legte mich unter einen Baum und las die Comics, die ich dabeihatte, geschrieben und gezeichnet von einem Spanier, in deutscher Übersetzung natürlich. Damals wollte ich Comictexter werden. Geschwommen bin ich an dem Nachmittag kein einziges Mal. Als meine Mutter mich später fragte, wie das Wasser war, sagte ich: »Super!« Was meine Eltern in der Zwischenzeit getan hatten, interessierte mich nicht. Sie sagten, sie wären spazieren gewesen und hätten einen alten Bekannten besucht.

»Da ist er ja!«, sagte jemand hinter mir.

Vanessa natürlich.

Und bevor ich mir noch überlegen konnte, ob ich überhaupt eine Karte kaufen und mit reingehen wollte, hielt sie mir eine rote Badehose vor die Nase, die sie von einem Verkaufsständer genommen hatte.

»Das ist deine Größe«, sagte sie.

Ich brauchte gar nicht hinzuschauen, um zu merken, dass es nicht meine Größe war. Was hatte ich überhaupt für eine Größe?

»Was hast du für eine Größe?«, fragte Sonja.

»Normal«, sagte Vanessa. Sie wedelte mit dem Teil vor meinem Gesicht herum. Wahrscheinlich fand sie das komisch. Dabei tänzelte sie blöde hin und her und streckte ihren Bauch vor. In unserer Schule gab es mehrere Mädchen, die einen Knopf im Bauchnabel hatten, Vanessa konnte sich ihre Angeberei sparen.

»Soll ich sie für dich bezahlen?«, fragte sie.

Und ich sagte: »Ja!«

Daraufhin hängte sie die Hose wieder an den Ständer und ging zur Kasse.

»Du bist langweilig.« Sie meinte mich. Und zu Sonja: »Ich kauf uns zwei Karten und dann gehen wir endlich rein.«

Sonja war die ganze Zeit dagestanden und hatte nichts getan. Sie trug ihre dunkle Sonnenbrille und ihre Ledertasche. Als ich sie anschaute, hatte ich den Eindruck, sie beobachtete mich ununterbrochen. Und ich sah, dass sie schwitzte. So wie ich.

Dann gingen ihre zwei roten Lippen auseinander und dann passierte erst mal nichts und dann sagte sie: »Warum bist du vor dem Taxi weggelaufen, Lukas?«

Schon wieder sprach sie meinen Namen eigenartig aus.

»Bin ich nicht«, sagte ich tatsächlich. Als ätzte mir die Sonne das komplette Hirn weg.

»Kommst du?«, krähte Vanessa.

»Du musst nicht bei uns bleiben«, sagte Sonja. »Du kannst machen, was du willst.«

Weiß ich! Weiß ich doch!

Ich schaffte es, nichts zu sagen. Ich blieb einfach stumm. Obwohl ich was zu sagen gehabt hätte, zu ihr und zu Vanessa und überhaupt. Ich hätte was sagen können. Aber ich sagte nichts. Das wollte ich jetzt sehen, was passierte, wenn ich meinen Mund hielt.

»Hey!«, rief Vanessa.

Ich ließ sie rufen.

»Hey!«, rief sie ein zweites Mal.

Ich ließ sie rufen.

»Ich hab eine Karte für dich mitgekauft, also such dir eine Badehose aus und beeil dich!«

Ich?

»Komm«, sagte Sonja.

Als ich jetzt ihre Stimme hörte, dachte ich: Die ist aus Watte, die Stimme, oder aus Samt, ja, aus Samt, oder mein Trommelfell ist aus Samt, und das »Komm« ist kein Wort. Sondern ein kleiner weicher Finger, der mein Ohr kitzelt.

Innerhalb einer Minute musste ich total verblödet sein in der scheißheißen Sonne.

»Nimm die«, sagte eine Stimme. Und plötzlich hatte ich eine hellblaue Badehose mit weißen Streifen in der Hand. Und noch eine Hand in meiner Hand. Auf meiner Hand. Um meine Hand herum. Eine Hand, die da noch nie gewesen war. Noch nie war eine Hand so um meine Hand gewesen wie die von Sonja. Ich konnte überhaupt nicht reagieren. Stand stumm da, die hellblaue Badehose und die weiße Hand in der Hand. Stumm. Aber jetzt wollte ich nicht mehr stumm sein, jetzt wollte ich was sagen. Was? Keine Ahnung, was. Vielleicht: Danke, ich hau ab. Oder: Ich lass mir doch an meinem Geburtstag nicht vorschreiben, was ich zu tun hab.

»Zahlen musst du sie selber.«

Dann hörte ich das Klacken des Stocks auf dem Boden. Irgendwie kam ich mit der Zeit nicht mehr mit. Da stimmte was mit den Sekunden nicht. Alles war langsamer, als es sein musste, und gleichzeitig schneller, viel schneller. Und ich war zu langsam. Oder umgekehrt. Und ich schwitzte immer mehr, aber irgendwie nicht von der Sonne, dachte ich. Oder ich hatte wieder was nicht mitgekriegt und ich hatte die Sonne aus Versehen verschluckt und sie brannte jetzt nicht auf mich drauf, sondern aus mir raus. In meinem Kopf schwirrten die Gedanken rum wie gedopte Fliegen. Und ich hörte die Stimme, die ich schon kannte, und ein Quietschen, von Metall, die Eisenschranke, dachte ich, bewegte mich aber nicht von der Stelle, die gehen jetzt rein und ich steh hier, mit der Sonne im Bauch.

»Hallo! Hallo!«

Ja, ja, sagte ich. Jedenfalls bildete ich mir ein, es zu sagen. Was nicht stimmte. In meinem Mund war eine einzige Wüste.

»Hast du einen Hitzschlag?«, rief Vanessa. Bei der ersten Silbe wusste ich, dass sie es war. Und ich spuckte auf den Boden, schluckte, spuckte noch mal auf den Boden und sagte: »Hast du einen?«

Zwischen dem Moment, als ich mich nach ungefähr einer Stunde zum ersten Mal wieder bewegte, und dem, als ich an der Kasse vorbei auf die Wiese zuging, wo die zwei Mädchen warteten, ist in meinem Gedächtnis ein schwarzes Loch. Ich weiß nicht mehr, wie ich es schaffte, meine Beine zu bewegen und außerdem nicht gegen das Gitter zu knallen, durch das man normalerweise durchgehen musste.

Es kam mir vor, als würde ich durch eine unsichtbare Schranke von einer Welt in die andere treten, als wären die Gesetze der Zeit und der Schwerkraft auf einen Schlag ungültig, als wäre ich in einer neuen Dimension. Wie in einem Science-Fiction-Film.

Nur dass ich total in der Wirklichkeit war.

Ich kapierte es bloß noch nicht.

10

Obwohl mir das Rumkreischen der Kinder und das Rumschreien der Eltern und die ganze Hektik auf die Nerven gingen, war es auch schön, auf der Wiese zu liegen und niemand zwingt einen zu was.

Was machst du da?

Nichts.

Hast du nichts zu tun?

Doch. Ich lese.

Tu lieber was für die Schule.

Das wären die Texte bei uns zu Hause gewesen. Und meine Mutter hätte so lange rumgeredet, bis ich in mein Zimmer gegangen wäre und so getan hätte, als würde ich irgendeine Hausaufgabe machen. Bloß damit ich meine Ruhe hatte und heimlich weiterlesen konnte.

Im Ungererbad störte mich niemand bei meinem Beckett.

»Was liest du da?«

Wasser tropfte auf die Seite, die ich gerade las, und ich war schon dabei, was raufzuschreien, als es noch einmal tropfte und ich die Beine erkannte, die neben mir aufgetaucht waren.

Ich dachte tatsächlich: Die kenn ich, die Beine. In meinem ganzen Leben hatte ich noch nie auf irgendwelche Beine geachtet, wozu denn? Und jetzt wuchsen diese braunen nassen Dinger neben mir aus der Wiese und ich glotzte sie an, als müsste ich gleich ein Urteil abgeben wie diese Typen beim Eiskunstlauf, die die Schilder mit den Nummern hochhalten.

Und dann kniete sie sich vor mich hin und ich sah ihre Augen.

Sonja hatte ihre dunkle Brille abgenommen.

Was mir sofort auffiel, war, dass ihre Augen total normal aussahen, so wie die Augen von anderen Mädchen, so wie die Augen von Leuten, die nicht blind sind. Sonjas Augen waren tiefblau, in der Mitte fast schwarz, drum herum heller. Und groß. Sie hatte große Augen und ich dachte, so große Augen, und die haben gar keinen Sinn. Und dann merkte ich, wie sie mich anschaute.

Sie schaute mich an, und wenn ich nicht gewusst hätte, dass sie blind war, wäre ich nicht draufgekommen. Da war überhaupt kein Unterschied zu sonst jemandem, zum Beispiel zu dieser eingebildeten Vanessa. Oder doch?

Und während ich sie anglotzte und sie vor mir kniete, direkt vor mir, ich lag immer noch auf dem Bauch, den Kopf im Nacken, wischte sie sich mit einer Hand übers Gesicht. Von oben nach unten, wie mit einem Waschlappen.

»Das ist toll im Wasser«, sagte sie. »Geh doch mal rein.«

Ich sagte nichts. Klappte das Buch zu und setzte mich auf. Vanessa hatte mir eines ihrer kilometerlangen Handtücher geliehen, und weil ich nicht direkt in der Wiese sitzen wollte, musste ich es nehmen.

»Alles klar?«, fragte Sonja. Sie nahm ihre Brille aus der Ledertasche und setzte sie auf. Dann rieb sie sich mit einem Handtuch ab, ohne aufzustehen.

»Warum setzt du jetzt deine Brille auf?«, fragte ich. Dadurch, dass sie beim Abtrocknen ihren Körper hin und her bewegte, wehte ihr Geruch zu mir herüber. Sie roch nicht mehr nach Zitrone, sondern nach Chlor. Und nach etwas anderem, von dem ich nicht sagen konnte, was es war. Das war nicht direkt ein Geruch, eher ein Hauch, wie ein Wind, der nicht genügend Puste hatte. Jedenfalls kannte ich das nicht und blöd fragen wollte ich nicht.

»Ich fühl mich dann sicherer«, sagte sie.

Ich sagte: »So ein Unsinn.«

Sie rubbelte sich ab, breitete das Handtuch zum Trocknen aus und legte sich auf das große rote Handtuch, das sie mitgebracht hatte. So braun, wie sie war, ging sie anscheinend jeden Tag zum Baden.

»Warum sagst du dauernd Dinge, von denen du nichts verstehst?«, sagte sie.

Zuerst dachte ich, sie meinte jemand anderen.

»Ich?«, sagte ich.

»Du weißt nichts von mir. Du bist respektlos, Lukas, du bist frech und gemein und dumm.«

Sie lag einfach auf dem Rücken und sagte diese Dinge. Und ich saß neben ihr, das Buch in der Hand, und ständig kreischte irgendein Baby oder irgendjemand lachte laut und ich kriegte auf einmal Kopfschmerzen, total harte Kopfschmerzen. Und sie redete weiter mit einer Stimme, als ginge es ums Wetter oder um einen verdammten Idioten, der hunderttausend Kilometer entfernt wohnte und dort auch bleiben sollte.

»Du hast mich angegriffen, obwohl ich dir nichts getan hab, du hast dich nur entschuldigt, weil ich dich drum gebeten hab, du hast versucht, mich vor meinen Gästen lächerlich zu machen …«

»Ich …«, sagte ich.

»… du hast mich beleidigt und du hast dich lustig über mich gemacht.« Dann machte sie eine Pause. Und dann sagte sie, genauso lässig und entspannt wie eben: »Und jetzt sag mir, wieso. Wieso, Lukas? Wieso bist du so zu mir? Haben dich deine Eltern so erzogen? Bist du immer so? Ist das deine Art, mit Mädchen umzugehen? Sag, Lukas! Oder ist das heute dein großer Anmachtag? Hast du heute beschlossen, supercool zu sein wie *Leon der Profi*? Oder wie John Travolta in *Pulp Fiction*? Sag, Lukas. Oder stehst du mehr auf Bruce Willis? Willst du so ein superharter *Stirb-langsam*-Typ sein, so einer, der's den Weibern zeigt, was gespielt wird in der Welt. Bist du so einer, Lukas? Sag's mir.«

Und ich sagte tatsächlich: »*Leon der Profi* kenn ich nicht.«

Lachen hätte sie nicht müssen. Jedenfalls nicht so laut.

Und das Übelste war, sie lachte, ohne sich von der Stelle zu rühren, sie blieb einfach auf dem Rücken liegen und lachte mit offenem Mund in die Luft. Und als sie nach hundert Jahren aufhörte, lachte die Luft noch eine Zeit lang weiter. Sie setzte sich auf und drehte den Kopf in meine Richtung.

»Wie alt bist du, Lukas?«, fragte sie. Und ihr Gesicht war so ernst wie das von Frau Schirn, unserer Deutsch- und Erdkundelehrerin, wenn sie irgendwas von Afrika erzählte.

»Ich bin vierzehn«, sagte ich.

»Das wusste ich, dass du noch so jung bist.«

»Na und? Wie alt bist du? Zwanzig?« Bestimmt würde sie jetzt rot anlaufen vor Wut.

»Ich bin drei Jahre älter als du«, sagte sie und angelte aus ihrer Tasche eine Tube Sonnencreme und fing an sich einzuschmieren.

»Ich hab heut Geburtstag«, sagte ich, weil ich plötzlich wollte, dass sie mir gratulierte.

»Und warum bist du dann hier?«, sagte sie.

»Ich geh schwimmen«, sagte ich. Dann stand ich auf und lief zu einem der chlorverseuchten Becken, in dem tausend Kinder rumsprangen und grölten.

Ob mir jemand zum Geburtstag gratulierte, war mir total egal. Nicht einmal meine Eltern hatten mir gratuliert, weil ich schon weg war, als sie aufstanden. Wenn es nach meiner Mutter ginge, dürfte der Tag nicht vor neun anfangen, und wenn es nach meinem Vater ginge, nicht vor zehn. Nachts konnten sie ewig dasitzen und schweigen, als wäre sensationell was los in unserer Küche oder in unserem Wohnzimmer. Sie hatte es nie gesagt, aber ich bin sicher, meine Mutter war superfroh, dass ich gegen ein Uhr mittags auf die Welt gekommen war und nicht wie zum Beispiel Rico, der um halb fünf Uhr morgens geboren wurde, wie mir seine Mutter mal erzählt hatte.

War sowieso gelogen, wenn jemand sagte: Ich gratulier dir. Zu was? Was hatte jemand außer mir mit meiner Geburt zu tun? Meine Mutter natürlich. Mein Vater schon nicht mehr, er hatte nur was mit der Zeugung zu tun, wahrscheinlich. Manchmal fragte ich mich, ob dieser Mann tatsächlich mit mir verwandt war. Und dann fragte ich mich, was ich von ihm geerbt hatte. Wir sahen uns null ähnlich. Er hatte braune Augen, ich grüne, er hatte braune Haare, ich rote, relativ rote, jedenfalls roter als seine, viel roter, er hatte riesige Ohren, ich kleine, dafür war sein Mund praktisch unsichtbar und meiner eher groß. Und wenn ich mir das Gebüsch anschaute, das er im Gesicht trug, dann wusste ich, so was würde in meinem Gesicht niemals stattfinden, niemals, nie.

Mit solchen Gedanken stand ich unter der Dusche und das Wasser war so kalt, dass ich dachte, es hagelt Kieselsteine auf mich runter.

Allerdings sah ich auch nicht so aus, als wäre ich mit meiner Mutter verwandt. Ihre Haare waren blond und ihre Augen schmal wie die einer Japanerin oder Chinesin, ihr Kopf war viel runder als meiner und ihre Haut irgendwie dunkler, obwohl sie so blond war und sich selten in die Sonne legte.

Wahrscheinlich war ich nur zufällig der Sohn von Katrin und Max Brenner, total zufällig. Chaos im Kosmos und so entstehen Kinder, die nirgends hinpassen.

Das war ein lustiger Gedanke, als ich anfing zu schwimmen. Was mich sofort total nervte. Wieso war ich überhaupt reingegangen? Wieso hatte ich mich von

Sonja provozieren lassen? Ich wollte hier raus, ich wollte aus dem verdammten Schwimmbad raus und weg, weit weg, woanders hin, ganz woanders hin!

Als ich zur Wiese sah, stand Sonja plötzlich am Beckenrand. Und beobachtete mich. Was natürlich Unsinn war. Aber sie hatte den Kopf zu mir gedreht, mit der Sonnenbrille auf, und ich konnte ihre Augen nicht erkennen und das nervte mich. Wahrscheinlich dachte sie, ich plansch bloß so rum und trau mich nicht bis zur anderen Seite. Vor ihr im Wasser lag Vanessa auf dem Rücken und sie redeten miteinander. Garantiert erzählte ihr Vanessa, dass ich nicht richtig kraulen konnte. Was stimmte. Mir doch egal. Andere konnten es auch nicht, die taten nur so, hechelten durch das chlorverseuchte Wasser und wollten irgendeiner Schnepfe imponieren. Ich wollte Sonja nicht imponieren. Und dieser Angeberin von Vanessa schon dreizehnmal nicht.

Dann schwamm ich einfach hin, packte Vanessa im Nacken, wie unser Nachbar das immer mit seiner Katze macht, und tauchte sie unter. Und zwar so lange, bis sie nur noch gluckste und zuckte und die Arme in die Höhe streckte und Hilfe! Hilfe! schrie und Wasser spuckte, eimerweise Wasser. Und dann ließ ich sie los, griff nach Sonjas Beinen und zog sie ins Wasser. Und sie schrie und ruderte mit den Armen und zappelte und planschte und ich verpasste ihr einen Schubs und sie tauchte unter und wenn ihre Freundin sie nicht wieder hochgezogen hätte, hätte sie ein Problem gehabt.

Natürlich stellte ich mir das alles nur so vor. War eine Supervorstellung.

Jetzt glotzte auch Vanessa zu mir her und ich schwamm los. Wenn ich schon nicht kraulen konnte, dann konnte ich wenigstens so tun. Wie die andern. Ich streckte die Arme aus und schaufelte durchs Wasser. Mit den Füßen paddelte ich auf und ab, was ich total dämlich fand, ich machte es nur wegen dem Eindruck. So weit war die andere Seite nicht entfernt, ich hatte es schon fast geschafft. Irgendwie funktionierte die Methode. Umdrehen konnte ich mich nicht, dauernd musste ich aufpassen, dass ich nicht mit einem rumkreischenden Kleinkind zusammenstieß. Außerdem hatte ich Wasser in der Nase. Und im Mund. Und in den Ohren. Und in den Augen. Verdammtes Chlor.

Plötzlich sah ich nur noch verschwommenes Zeug. Tischtennisplatten, die sich rauf und runter bewegten. Liegestühle, die schwebten. Wabbelige Leute. Und zwei Enten. Wo kamen die auf einmal her? Zwei Enten schwammen vor mir her und ich hatte schon Angst, ich hau auf die drauf mit meinen Händen beim Kraulen. Sie ließen sich aber nicht beirren. Ich dachte, die Viecher haben sich verflogen, die sind hier falsch gelandet. Ich dachte: Wo sind die jetzt?, und dann kriegte ich keine Luft mehr und wollte mich hinstellen und Luft holen.

Doch da war kein Boden und ich sackte weg.

Statt Luft kam Wasser in mich rein, hundert Liter auf einmal, und ich ging unter und irgendwie kam ich wieder hoch und dann ging ich wieder unter.

Und die ganze Zeit wunderte ich mich, wieso der Boden weg war.

Ich streckte meine Beine total aus, ich stampfte in das verdammte Wasser, weil ich überzeugt war, dass der Boden da irgendwo sein musste. Vorhin war er noch da gewesen, vor vier Sekunden. Und ich schluckte immer mehr Wasser.

In den Momenten, in denen ich auftauchte, sah ich die Enten wieder. Die wackelten über die Wiese und mir fiel auf, dass das Gras total kurz geschnitten war, wie auf einem Golfplatz. Und überall waren Leute und ich hörte sie rumschreien und krächzen und lachen, die lachten und quakten und dann schlug ich mit den Beinen wieder ins Nichts.

Grün. Das Wasser war nicht mehr blau. Sondern grün. Das war merkwürdig. Wieso war es jetzt grün? Das konnte doch gar nicht sein, alles war brutal grün um mich. Als würde ich in die Wiese tauchen und das Gras wächst unterirdisch weiter. Erst wird gemäht, dann wächst das Gras in die Erde. Und da schwimm ich jetzt. In der grünen Erde.

Und die Erde schmeckte nach etwas, das ich nicht kannte. Schmeckte beschissen, ich brachte aber meinen Mund nicht zu. Und meine Augen auch nicht. Ich konnte alles sehen. Direkt vor meinen Augen schwamm das Papier von einem Eis, Cornetto Erdbeer, rote Erdbeeren auf dem Papier.

Und dann hörte ich meinen Namen. Weit weg rief jemand meinen Namen. In meinen Ohren war alles dumpf und schwammig.

Mein Name kam immer näher. Ich hörte ihn lauter, nur kurz, superkurz, dann hörte ich ihn nicht mehr.

Dann wieder. Und ich wollte winken. In einer Mikrosekunde dachte ich, ich heb meine Hand und wink und dann komm ich raus. Dann komm ich hier raus. Hier raus. Das waren die letzten Worte in meinem Kopf. Hier raus. Hier raus.

Totales Getümmel über mir, als ich die Augen aufschlug. Und mittendrin und am nächsten zu mir Sonja.

Sie hatte die Sonnenbrille abgenommen und ich schaute direkt in das dunkle Blau ihrer Augen.

Mir war schlecht. Ich hustete. Jemand drückte seine Hand in meinen Rücken und bog mich nach vorn. Also beugte ich mich vor. Ich war mir nicht sicher, wo ich war. Der Husten schüttelte mich.

»Geht's dir besser?«, fragte eine Stimme.

Es gelang mir nicht, zu antworten. Ich schaffte es nicht einmal, den Kopf zu heben. Alles, was ich konnte, war, das kurze Gras zwischen meinen Füßen anzustarren. Meine Füße kamen mir seltsam weiß vor, genau wie meine Beine, noch weißer als sonst.

Und dann merkte ich, dass mir kalt war. Dabei knallte die Sonne immer noch runter. Das spürte ich. Obwohl ich null Kraft hatte, den Kopf zu heben. Von meiner Schulter hing was runter und wie ferngesteuert tastete ich mit der Hand danach. Es war ein Handtuch.

»Willst du einen Schluck Wasser trinken?«, fragte eine Stimme.

Sofort dachte ich: Ich hab doch genug Wasser getrunken.

Und in Zeitlupe kapierte ich, dass ich beinah ertrunken wäre. Mehr konnte ich noch nicht denken, nur: Ich wär ertrunken, wenn mich nicht jemand rausgezogen hätte. Der, der meinen Namen gerufen hatte, das fiel mir jetzt wieder ein.

Meine Beine zitterten. Als wären es die Beine von jemand anderem, ich sah sie zittern und wunderte mich darüber. Zwei Hände griffen nach meinen Waden. Meine Hände. Und entweder meine Hände oder meine Waden waren schneekalt.

Plötzlich hatte ich Lust auf ein Eis. Unbedingt wollte ich jetzt ein Eis, jetzt sofort, ich konnte es schon schmecken. Was ich extrem seltsam fand. Bisher hatte ich noch nie etwas geschmeckt, bevor ich es tatsächlich im Mund hatte. Aber es war, als würde ich schon in die Waffel beißen und die Creme lecken und eine Frucht kauen, die gerade noch gefroren war.

Mit ziemlicher Anstrengung wuchtete ich meinen Kopf in die Höhe.

Noch mehr Gesichter um mich herum. Und immer noch am nächsten zu mir Sonjas Gesicht. Das war braun und groß und glitzerte. Da waren weiße Flecke auf ihren Wangen, deutlich zu erkennen, weiße Flecke.

»Lukas«, sagte das Gesicht.

Mein Mund sagte: »Ich hätte gern ein Cornetto Erdbeer.«

Erst als ich diese zwei Worte ausgesprochen hatte, kehrte ich in die normale Welt zurück. Jedenfalls hörte ich auf, das Gras zwischen meinen Füßen anzuglotzen, als wäre sein Grün irgendwie besonders. Und die Leute um mich herum waren jetzt neugierige Gaffer, die anstatt einen Crash auf der Autobahn mich anglotzten. Bis ich einfach aufstand.

Zack!, sprang ich in die Höhe. Das war keine gute Entscheidung gewesen.

Die Gesichter sausten um mich herum, und bevor ich mich irgendwo festhalten konnte, fing mich jemand auf und drückte mich zu Boden. Ich wurde gezwungen, mich hinzuknien. Bei geschlossenen Augen. Wenn ich die Augen zuhatte, war es mir weniger schlecht. Vielleicht war ich doch noch nicht in der wirklichen Welt, ganz sicher sogar. Wenn das, was gerade passiert war, die wirkliche Welt war, wollte ich lieber bleiben, wo ich war. Wieso eigentlich? In meinem Kopf hagelten schon wieder diese Gedanken und ich musste an die Dusche denken, unter die ich mich gestellt hatte. Und jetzt war mir so kalt, als würde ich immer noch drunterstehen.

»Dein Eis!«, sagte eine Stimme.

In Zeitlupe öffnete ich die Augen.

Vor mir kniete Vanessa. Obwohl sie ein dämliches Handtuch um ihren Kopf gewickelt hatte und absichtlich einen Bikini trug, der praktisch unsichtbar war, fand ich, sie sah super aus. Und es war in Ordnung, dass sie meine rechte Hand nahm und meine Finger um die Eiswaffel montierte. Ich hatte nichts dagegen. Auch dass sie meine Hand festhielt und sie langsam, unfassbar langsam und ohne zu zittern so wie ich, hochschob bis kurz vor meinen Mund, gefiel mir sehr. Sogar was sie sagte, klang gut.

»Jetzt geht's dir gleich besser.«

Und das Irre war, es stimmte.

Schon nach dem ersten Bissen kam ich mir weniger vereist vor.

Wahrscheinlich war das unlogisch, denn der erste Bissen bestand aus eishartem eiskaltem Eis und ich dachte, meine Zähne fallen aus. Doch dann schluckte ich das Eisstück runter und schleckte mir mit der Zunge über die Lippen, und die schmeckten total nach Erdbeeren, nach frisch aufgetauten süßen Erdbeeren. Vielleicht wäre es nicht nötig gewesen, deswegen gleich Vanessa anzugrinsen, aber ich wollte ihr eine Freude machen.

Während ich das Eis aß, auf den Knien, machten die Leute Platz und ließen eine Frau in einer weißen kurzen Hose und einem weißen Hemd durch. Ihrem Gesichtsausdruck nach zu urteilen war sie gerade irgendeiner Katastrophe entkommen.

Die Katastrophe war ich. Und zwar deshalb, weil, wie sich herausstellte, diese Frau mich nicht gerettet hatte. Als ich unterging, schlichtete sie am anderen Ende des Parks einen Streit zwischen zwei Kindern, die sich gegenseitig versuchten zu ertränken. Bis sie mitkriegte, dass sie woanders gebraucht wurde, hatte ich meine Ration Chlor schon intus.

Jetzt hörte ich hinter mir zwei Erwachsene flüstern.

»Das muss man melden, die ist doch völlig überfordert als Bademeisterin.«

»Wenn die Blinde nicht gewesen wär, wär der Junge jetzt tot.«

»Mit Sicherheit.«

Es macht nicht immer Spaß, fremde Leute beim

Flüstern zu belauschen. Wenn die Blinde nicht gewesen wäre, wäre ich tot. Das musste ein Witz sein, den ich nicht verstand. Dass Sonja mit einer Technik, die ich nicht durchschaute, als Bedienung arbeitete, akzeptierte ich, schließlich hatte ich es selber gesehen.

Aber wie sollte jemand, der auf beiden Augen total blind war, einen anderen aus dem Wasser ziehen? Wie sollte das funktionieren? Mit dem Geruchssinn? Wie denn? Jemand hatte meinen Namen gerufen, fiel mir ein. War sie das gewesen? Hatte sie gerufen und ich hatte geantwortet?

Wenn die Blinde nicht gewesen wär, wär der Junge jetzt tot.

Vor mir stand die weiß gekleidete Frau und schaute auf mich herunter, wie ich mein Eis aß, das inzwischen über meine Hand floss. In der Zeit, in der mein Vater arbeitslos war, hatte er einen ähnlichen Blick draufgehabt wie diese Frau.

Das interessierte mich jetzt nicht.

Mich interessierte, ob es stimmte, was ich gerade gehört hatte.

11

Glaub ich dir nicht«, sagte ich.

Es ging mir schon viel besser. Fast genauso gut wie vorher. Wie vor dem ... vor der ... vor der verdammten Schwimmerei.

Nachdem die weiße Frau dreihundertmal gefragt hatte, ob sie nicht doch einen Arzt holen solle, und ich dreihundertmal geantwortet hatte, sie solle sich keine Sorgen machen, worauf sie dreihundertmal sagte: »Das ist aber nett, dass du sagst, ich soll mir keine Sorgen machen« – nachdem wir unseren absurden Dialog beendet hatten, packten Sonja und Vanessa ihre Sachen zusammen und ich ging mich umziehen. Hinterher steckte Sonja meine superhellblaue Badehose in ihre Tasche. Sie riss mir die Hose praktisch aus der Hand.

Vor dem Eingang setzten wir uns auf eine Bank. Aus irgendeinem Grund landete ich zwischen den beiden Mädchen. Wobei Vanessa bloß dasaß und rauchte, die Beine übereinander geschlagen, und so tat, als wäre ich rothaarige Luft.

Sonja dagegen hörte überhaupt nicht mehr auf, sich mir zuzudrehen. Jedes Mal, wenn sie was sagte, ging ein Ruck durch sie und mir blieb nichts übrig als sie anzusehen.

»Es ist nicht besonders wichtig, ob du mir glaubst«, sagte sie.

Ich sagte: »Du kannst mich doch gar nicht sehen.«

»Du hast gerufen. Du hast deinen Namen gerufen und so wusste ich, wo du bist.«

»Ich hab meinen Namen gerufen?«, sagte ich. »Ich?«

»Du. Zuerst ich. Und dann du. Weißt du das nicht mehr?«

Ich wusste es nicht mehr.

»Doch«, sagte ich.

»Warum spielst du mir eigentlich dauernd was vor?«, sagte sie.

Diesmal drehte *ich* mich heftig herum.

»Tu ich nicht!«, sagte ich.

»Du brauchst mir nichts vorzuspielen.«

»Tu ich auch nicht«, sagte ich.

Links neben mir rauchte es aus Vanessa heraus. Sie blickte in Richtung Bad, zu den Wiesen hinter dem Gitter.

»Du kommst dir cool vor, ja?«, sagte Sonja. »Du glaubst, ich merk nicht, was du die ganze Zeit denkst, was da los ist hinter deiner Stirn.«

»Was denn?«, sagte ich.

»Du bist ein Showman, Lukas. Aber vorhin wär deine Show beinah zu Ende gewesen.«

Was redete sie? Wie laberte die mich von der Seite an? Was für eine Show? Wie das klang: was da los ist hinter deiner Stirn? Hinter deiner Stirn. Da war total was los, und davon hast du keine Ahnung. Null minus.

»Erklär mir mal was«, sagte ich. Und sie drehte sich

noch mehr zu mir um. Ihr Oberschenkel klebte schon an meiner Jeans. »Wie ist das möglich, dass du weißt, wer zur Tür reinkommt, wenn du überhaupt nichts sehen kannst? Wie geht das? Du hast deiner Freundin praktisch schon zugewinkt, da war die noch nicht mal in der Kneipe.«

»Große Frage, Kleiner«, sagte Vanessa. Sie steckte sich die zweite Zigarette an. Und obwohl ich nicht hinschaute, sah ich, dass ihre Hände zitterten wie meine nach dem … nach der … Was war los mit Vanessa? Weswegen war sie so nervös?

»Du denkst, ich krieg nichts mit«, sagte Sonja.

»Nein«, sagte ich automatisch.

»Hör auf zu spinnen!«, schrie sie auf einmal. Sogar Vanessa drehte jetzt den Kopf zu uns. »Du bist fast ersoffen und tust immer noch so, als wärst du der Mittelpunkt der Welt! Was bildest du dir ein, Lukas? Wer bist du denn? Ich hab dich im letzten Moment rausgezogen, ich hab dich grade noch zu fassen gekriegt. Und du quatschst hier rum und begreifst überhaupt nicht, was passiert ist. Vanessa hat fast einen Herzschlag gekriegt, als ich ins Wasser gesprungen bin, um dir zu helfen. Die ist jetzt noch ganz fertig. Ich bin einfach reingesprungen. Vanessa hat plötzlich gerufen, du gehst unter, und das war dann wie ein Reflex. Ich hab mich gerade eingecremt gehabt, ich wollt nicht ins Wasser. Aber ich konnt nicht anders. Die meisten Leute haben gar nichts mitgekriegt, die wissen ja auch nicht, dass ich blind bin. Was hätte ich tun sollen? Ich hab gedacht, dass jeden Moment der Bademeister kommt. Aber der kam nicht.

Und Vanessa war so geschockt, dass sie keinen Ton rausgebracht hat. Und dann hab ich deinen Namen gerufen und du hast zum Glück geantwortet. Ich hatte schon Angst, dass du das nicht mehr schaffst. Dass du keine Luft mehr kriegst. Aber dann hast du's doch geschafft. Und ich hab dich zu fassen gekriegt. Was für ein Glück! Und jetzt hör auf, blödes Zeug zu reden, sei einfach still, spar dir deine Sprüche für wenn du wieder allein bist. Du bist doch eh am liebsten allein, oder, Lukas?«

Ich wollte was sagen. Mein Herz schlug schnell, extrem schnell. Ich holte Luft. Irgendwas war anders in meinem Mund. Vielleicht hatte das Chlor Löcher reingebrannt und durch die fielen ab sofort die Worte raus.

»Ich kann hören«, sagte Sonja. Was anderes, als sie anzustarren, gelang mir nicht. »Ich hab mein Augenlicht verloren, sonst nichts.« Sie machte eine Pause und ich wusste sofort, sie machte sie nicht, um Luft zu holen oder nachzudenken. Es fiel ihr etwas ein und sie erschrak darüber. »Ich kann hören, ich kann Stimmen genau unterscheiden und Schritte, sogar wie jemand atmet. Du denkst, jemand wie ich ist von der Welt abgeschieden, ausgeschlossen, aber das stimmt nicht. Ich geh tanzen. Und ich geh ins Kino.«

»Ins Kino?«, explodierte mein Mund.

»Ins Kino. Und wenn Vanessa im ›Goran‹ bloß die Tür aufmacht, weiß ich sofort, das ist sie. Sofort weiß ich das.«

»Du hast dich aber auch schon getäuscht«, sagte Vanessa.

»Ja. Das war ganz schön peinlich. Da kam ein Schwarzer herein, der bewegte sich genau wie Vanessa, er machte die Tür auf und ich war grad in der Nähe, weil ich einen Tisch abgeräumt hab, und ich dreh mich um und sag: Hallo, Vanessa! Und dann war Schweigen und ich wär am liebsten im Boden versunken. Er war dann aber sehr nett und sagte: Mein Name ist Jonathan. Mit amerikanischem Akzent. Und ich sagte: Sorry. Er blieb zwei Stunden und wir haben uns ein wenig unterhalten. Und einmal«, sagte sie und sah an mir vorbei zu Vanessa, »hab ich dich mit dem Wind verwechselt. Die Tür ging auf und ich war sicher, deine Schritte zu hören. Das war seltsam. Ich sagte: Hallo, Vanessa. Schweigen. Für einen Moment fürchtete ich, jemand erlaubt sich einen blöden Scherz und steht jetzt da und sagt nichts und will testen, was ich mach. Später hab ich mich nie wieder von einem Wind täuschen lassen!«

»Nein«, sagte Vanessa und ließ die Kippe fallen und zerquetschte sie mit dem Schuh.

»In welche Filme gehst du denn?«, sagte ich. Merkwürdigerweise fand ich es plötzlich angenehm, zwischen den beiden Mädchen zu sitzen, sogar neben Vanessa. Aber lieber wäre es mir gewesen, ich hätte gewusst, wieso.

»In die, die spannend sind natürlich«, sagte Sonja.

Dann schwieg sie.

Wir schwiegen alle drei.

Aus dem Schwimmbad kamen Leute an uns vorbei, einige warfen uns Blicke zu. Augenzeugen wahrscheinlich. Es war Abend geworden, fast neunzehn Uhr. In einer Stunde wurde geschlossen.

Schlagartig fiel mir ein, dass ich mein Buch liegen gelassen hatte.

»Ich muss noch mal rein!«, sagte ich und wollte aufstehen. Aber Sonjas Hand landete so schnell auf meinem Arm, dass ich sitzen blieb.

»Bleib hier, Lukas.«

»Ich hab mein Buch vergessen.«

»Das ist in meiner Tasche«, sagte sie.

Ich konnte mich nicht erinnern, dass sie es eingesteckt hatte.

Nach einem Schweigen, das ungefähr achtundvierzig Minuten dauerte, sagte ich zu Sonja: »Hast du mich echt gerettet?«

Sie drehte mir den Kopf zu wie immer. Und schwieg. Dann lächelte sie wieder, genauso wie in dem Lokal, wo sie arbeitete. Und dann sagte sie: »Du riechst gut, weißt du das?«

Ich wusste es nicht.

Und die Worte plumpsten nur so raus aus den Löchern in meinem chlorverätzten Mund.

Je länger wir auf der Bank saßen, desto kleiner wurde ich.

Wie vorher hockte ich zwischen den zwei Mädchen, die immer größer wurden. Normalerweise war ich ein Meter zweiundvierzig groß, was nicht gerade überragend ist, in unserer Klasse eher Durchschnitt. Seit ich auf dieser Bank vor dem Ungererbad saß, war ich mindestens um sieben Zentimeter geschrumpft. Ich konnte dabei zusehen. Und wenn zufällig auch noch einer meiner Freunde vorbeikäme, wär ich geliefert. Der würde sich kaputtlachen und allen Leuten davon erzählen.

Anscheinend hatte mich Sonja so schnell aus dem Wasser gezogen, dass niemand einen Notarzt alarmieren musste. Ein Reflex. Sie hatte gesagt, sie war aus einem Reflex ins Wasser gesprungen. Merkwürdiger Reflex für eine Blinde.

Die ganze Zeit wollte ich ihr Fragen stellen. Und jedes Mal, wenn ich fast loslegte, traute ich mich nicht, verdammt! Dafür musste ich dauernd Antworten geben.

»Bist du von hier?«

»Ja.«

»Und du warst noch nie im Ungererbad?«

»Nein.«

»Wo wohnst du denn?«

»In Obergiesing.«

»Im Glasscherbenviertel.« Das sagte natürlich Vanessa.

Ich antwortete: »Das ist kein Glasscherbenviertel mehr.« So genau wusste ich nicht, was ein Glasscherbenviertel war. Ich erinnerte mich, dass meine Mutter das Wort mal erwähnt hatte.

»Wieso bist du nicht weg in den Ferien?«

»Keine Lust.«

»Hast du eine Freundin?«

»Ja.«

»Du lügst.« Wieder Vanessa. Und weil ich eine Mikrosekunde zu lang brauchte, um ihr mitzuteilen, dass sie null Ahnung hatte, meinte sie: »Macht nichts, du bist ja noch jung.« Dann lachte sie irgendwie dämlich. Und ich hatte den Eindruck, ich war wieder einen Zentimeter kürzer geworden.

»Wie geht's dir jetzt?«, fragte Sonja.

»Gut«, sagte ich.

»Wirklich?«

»Ja.«

»Willst du bei deinen Eltern anrufen?«

»Wieso denn?«

»Okay«, sagte sie.

Nach einer Weile, während Vanessa eine Zigarette rauchte, wahrscheinlich die dreiundzwanzigste inzwischen, stand Sonja auf. Und ich zuckte zusammen, als hätte mir jemand mit voller Wucht in den Magen geschlagen.

»Was ist?«, fragte Sonja.

»Nichts.«

Auch Vanessa stand auf, zupfte an ihrer ausgefransten Jeans und wedelte mit dem Hintern. Zack!, schaute ich weg.

»Komm«, sagte Sonja, »wir begleiten dich noch ein Stück.«

Merkwürdiger Satz für eine Blinde. Normalerweise war es umgekehrt, oder?

»Nein«, sagte ich.

Sonja klopfte mit ihrem weißen Stock auf den Boden. Und dann gegen meine Beine.

Ich wollte nicht, dass sie ging. Vanessa konnte sich schleichen, am besten so schnell wie möglich. Aber nicht Sonja. Ich wollte, dass sie sich wieder hinsetzte, damit ich ihr endlich alle meine Fragen stellen konnte.

»Hier«, sagte sie.

Ich hob den Kopf.

Eigentlich hatte ich gerade beschlossen, so lange meine Turnschuhe zu betrachten, bis die Mädchen verschwunden waren. Wozu sollte ich dauernd hin und her schauen, wenn fünfzig Prozent der Leute um mich rum blind waren?

Ich wollte nicht, dass sie wegging, verdammt.

»Pass auf, ist noch nicht ganz trocken«, sagte Sonja.

Sie meinte meine Badehose, die sie aus ihrem Handtuch gewickelt hatte. Außerdem hielt sie mir mein Buch hin. Ich nahm beides und legte es neben mich auf die Bank.

»Willst du wirklich nicht mitkommen?«, fragte Sonja.

Unüberhörbar sagte ich: »Nein.«

»Ciao«, sagte Vanessa.

Und dann klebten plötzlich Sonjas Lippen auf meiner Backe. Und sie roch nach Zitrone. Und ich schwitzte. Und mein Mund stand offen, das merkte ich, aber ich brachte ihn nicht zu, irgendwie klemmten die Muskeln. Und ich hörte diese Stimme in meinem Ohr.

»Herzlichen Glückwunsch zum Geburtstag«, flüsterte Sonja. Und küsste mich auf die Wangen und zum Schluss allen Ernstes auf die Nase.

»Von mir auch«, sagte Vanessa.

Ich sagte: …

Und Sonja: »Ich lese auch, aber nicht in Büchern.«

Was? Ich stand da und dachte: Was? Wovon redet die?

»Lass dich feiern«, sagte sie.

Ich sah, wie sie sich bei Vanessa einhakte und wie die beiden dann zur Straße gingen, tacktacktack, ich sah den weißen Stock und im Hintergrund zwei schiefe Hochhäuser, die aussahen, als hätte sie ein total betrunkener Architekt entworfen und noch viel betrunkenere Bauarbeiter hingestellt. Ich sah alles auf einmal und alles war ewig weit weg.

Und als ich kapierte, dass ich allein dastand, wäre ich fast losgerannt. Hinter den Mädchen her wie ein Blödi.

Zum Glück kam ich nicht von der Stelle.

Wieso nicht? Wieso nicht?

Wieso stand ich da und tat so, als wäre jetzt nicht das Wichtigste von der Welt, dass ich was unternahm? Los! Los!

Immerhin war ich schon aufgestanden. Was ich überhaupt nicht mitgekriegt hatte.

Und dann dachte ich, ich hab Flecken im Gesicht. Von Sonjas Küssen. Drüberzureiben traute ich mich nicht. Und in meinem Bauch kamen immer noch hammerharte Schläge an und ich wusste nicht, woher.

In so einem kranken Haus wie in dem gegenüber wollte ich nicht wohnen, wahrscheinlich war der Architekt ein Spastiker.

Wenn ich jetzt nicht sofort loslief, würde ich sie nicht mehr erwischen.

Dann fiel mir wieder ein, dass ich heute Geburtstag hatte.

Und dann dachte ich, dass ich in diesem Moment erst richtig Geburtstag hatte. Und ich nahm die Badehose von der Bank und drückte sie zusammen. Und ich wünschte, Sonja würde zurückkommen und die Wüste bevölkern, in der ich gerade herumstand.

Warum sie blind ist, wollte ich sie fragen. Und: Ist sie seit der Geburt blind? Und: Sieht sie überhaupt nichts? Nicht mal eine Ecke Licht, gar nichts?

Vor dem Straßenschild blieb ich stehen. Weil ich den Namen nicht schnell genug lesen konnte. Soxhletstraße. Das sah aus, als hätte sich jemand verschrieben. Soxhlet. Vielleicht hieß so der Architekt, der sich die beiden grauen, total verwackelten Betonkästen ausgedacht hatte.

Was hat sie damit gemeint: Ich les auch, aber nicht in Büchern. Und wieso verarscht sie mich und sagt, sie geht gern ins Kino?

Lauter Fragen und ich hatte alles vermasselt.

Aber wegen ihr hatte ich heute einen echten Geburtstag. Ohne sie hätte ich heute einen Todestag gehabt. Das konnte ich mir nicht vorstellen.

Ich ging an der Ungererstraße entlang und versuchte mich zu erinnern, was im Schwimmbad passiert war. Wieso ich plötzlich untergegangen war. Ich erinnerte mich an das Wasser, an die verschwommenen Farben. An die Enten. Da waren zwei Enten irgendwo. Und dann weiß ich nichts mehr.

Wieso war ich überhaupt reingegangen?

So sehr ich mich anstrengte, da war ein Loch in der Zeit und das Loch war schwarz und ich konnte nichts erkennen, nichts, null minus.

Bis ich an der Münchner Freiheit war, dauerte es eine

halbe Stunde. Es war acht Minuten nach neun. An der Haltestelle standen die blauen Linienbusse, zwei Fahrer rauchten Zigaretten und redeten miteinander, innen warteten Leute auf die Abfahrt.

Wo wollte ich jetzt hin?

An einem Café stand eine Schlange an der Eistheke. Niemand, den ich kannte. Ich ging vorbei und dann sah ich die gelben Schilder. Stoßstange an Stoßstange Taxis vor dem Kaufhaus. Garantiert war einer der Fahrer ein Bekannter meines Vaters und der würde mich erkennen und sofort Meldung machen.

Ohne den Stellplatz aus den Augen zu lassen, lief ich zur Treppe, die zur U-Bahn runterführte. Den Kopf nach vorn gebeugt, sprang ich die Stufen hinunter.

Im Tiefgeschoss war ein einziger Volksauflauf. Von überall her strömten Leute, die Zeitungsverkäufer hatten ihre Zeitungen auf dem Boden ausgebreitet, am Kiosk herrschte ein Gedränge, als würde der Typ hinter der Scheibe Geldscheine verteilen. Hunde bellten, was mir sofort total auf den Nerv ging, und ich wollte bloß noch weg.

In der Unterführung, wo die Geschäfte waren, tauchten zwei Polizisten auf, höchste Zeit, den anderen Ausgang zu nehmen. Ich lief die Rolltreppe hoch, diesmal in der richtigen Richtung, zwängte mich zwischen den Pennern durch, die mir im Weg standen und blöde rumnölten, und rannte oben, vor dem Blumenladen, um die Ecke in die Herzogstraße.

Direkt vor mir, an der roten Ampel, standen zwei Taxis. Und in einem saß mein Vater.

Falsch. Nur auf den ersten Blick sah er so aus. Mir schlug das Herz bis ins Hirn. Der Fahrer hatte einen riesigen Bart und einen Filzhut auf, genau wie mein Vater. Ohne weiter hinzusehen oder überhaupt auf die Straße zu schauen, lief ich auf die andere Seite, stieß fast mit einem dämlichen Radler zusammen und kauerte mich hinter ein geparktes Auto.

Superpeinlicher Anblick.

Ich musste sichergehen. Vorsichtig schaute ich am Auto vorbei zur Hauptstraße. Meine Panik war total umsonst. Niemand folgte mir. Niemand hatte mich gesehen.

»Was machst'n du da?«

Verdammte Erschreckung!

Hinter mir ragte ein Typ in Lederhose und weißem Hemd in die Dämmerung. Braun gebrannt, Sonnenbrille auf dem Schädel.

»Hab was verloren«, sagte ich.

»Ist schon recht. Und jetzt hau ab!«

Er richtete den Schlüssel aufs Auto und machte die Tür auf. Wie ich jetzt bemerkte, war die Kiste ein BMW Z3, schwarz lackiert, Ledersitze, Holzlenkrad, Stereoanlage. Starnberger Kennzeichen.

Ich ging weg. Und er gab ununterbrochen Gas, ohne loszufahren. In Starnberg machen die das alle so. Wusste jeder bei uns in der Schule.

Nach ungefähr fünfzig Kilometern entdeckte ich eine supergetarnte Telefonzelle. Ich musste was regeln, endgültig.

»Ich bin's«, sagte ich in den Hörer.

»Mein Gott, wo steckst du?«, sagte meine Mutter. Dann klackte es, etwas schepperte und mein Vater war dran.

»Komm sofort nach Hause! Bist du nicht ganz dicht, du?«

»Ich schon«, sagte ich.

Ich legte den Hörer auf den Apparat und wartete, bis mein Vater verstummte.

»Ich komm heut Nacht nicht nach Hause«, sagte ich.

»Was?«, brüllte er.

»Und morgen auch nicht. Und übermorgen auch nicht.«

»Bist du betrunken?«, sagte er. Jetzt kam er mit der ruhigen Nummer.

Ich sagte ruhig: »Nein.«

»Wo bist du?«

»Im Westend.«

»Bei deinem Opa?«

»Nein.«

Fünf Sekunden familiäres Schweigen.

»Hier ist deine Mutter«, sagte meine Mutter. »Ich hab solche Angst.«

»Du brauchst keine Angst zu haben. Mir passiert nichts. Das hab ich mir zum Geburtstag gewünscht und das schenk ich mir jetzt.«

»Was?«, sagte sie. »Was meinst du denn?«

»Kann's nicht erklären«, sagte ich, machte eine Pause und sagte: »Freitagabend bin ich wieder da. Vielleicht ruf ich morgen noch mal an.«

»Lukas ...«

Ich hängte ein. Dieses Lebenszeichen musste genügen.

Sie konnte ja nicht ahnen, dass dieses Telefongespräch tatsächlich ein Lebenszeichen war.

Plötzlich fingen meine Beine an zu zittern.

12

In dieser Nacht kam mir die Stadt vor, als wäre ich noch nie hier gewesen. Und das lag nicht daran, dass Schwabing, wo ich gerade herumlief, von mir zu Hause siebentausend Kilometer entfernt war. Wir kamen nie hierher. Wozu auch? Niemand in meiner Klasse wohnte in Schwabing. In Obergiesing hatten wir genug eigene Leute, um die Schulen rappelvoll zu kriegen. Außerdem behauptete mein Vater, in Schwabing würden die Kunden das wenigste Trinkgeld geben. Aber dasselbe behauptete er auch vom Lehel und von Bogenhausen. Wenn es nach meinem Vater ginge, müssten die Leute in sein verdammtes Taxi steigen und einen Sack Geld auf dem Rücksitz ausleeren, bevor er überhaupt den ersten Gang einlegte.

Das hatte mir noch gefehlt, dass ich die ganze Zeit an meinen Vater dachte.

Vor einem Kino in der Leopoldstraße blieb ich stehen und starrte die dämlichen Fotos an, nur um nicht an meinen Vater denken zu müssen. Es klappte.

Dass Sonja ins Kino ging, konnte ich mir nicht vorstellen.

Jemand rempelte mich an. Gerade in dem Moment, als ich anfing, im Kopf ins Kino zu gehen, und zwar als Blinder. Ich drehte mich um.

Zwei Schnepfen grinsten mich an, so alt wie Sonja und Vanessa, sensationell bescheuert.

»Na du?«, sagte die eine.

»Hi«, sagte die andere. Bei der war ich sofort davon überzeugt, dass das ihr kompletter Wortschatz war.

Ich sagte nichts, machte eine wesentliche Miene und ging weiter.

»Hast du Angst vor uns?«, sagte die Erste. Die Zweite kicherte. Meine Vermutung über ihren Wortschatz stimmte.

Die Cafés waren überbevölkert. Alle Tische auf dem Bürgersteig total besetzt, Leute standen drum herum, die Bedienungen zwängten sich durch die Massen und ich dachte, ich krieg gleich Nasenbluten von den Parfümschwaden.

Die Autofahrer, die von den Seitenstraßen auf die Leopoldstraße einbiegen wollten, hupten wie blöde, weil dauernd Fußgänger den Weg versperrten. Ich auch. Ein Typ in einem roten Cabrio hämmerte auf die Hupe, als ich vor seinem Schlitten auftauchte, komplett sinnlos. Und weil er auch noch irgendwas brüllte, dass ihm fast die Sonnenbrille vom Schädel rutschte, blieb ich stehen, genau vor seinem rechten Vorderlicht, und bückte mich.

In so einem Gewühl ist es wahnsinnig gefährlich, mit offenen Schuhbändern rumzulaufen.

Zuerst band ich meinen linken Schuh auf, dann den rechten. Dann streckte ich den Arm in die Höhe. Ein paar Fußgänger warfen mir einen Blick zu. Der Typ in der roten Karre rastete praktisch aus. Er brüllte, hupte, brüllte, hupte und trat aufs Gas, dass der Motor nur so jaulte. Wahrscheinlich hatte er seinen Führerschein in Starnberg gemacht.

Nach reichlich Zeit hatte ich mir die Turnschuhe wieder zugebunden. Sehr entspannt richtete ich mich auf. Auch wenn niemand mir das je glauben wird, es ist total wahr: Der Typ in seinem roten Schrotthaufen stand hinter dem Lenkrad, in einem schwarzen Muscleshirt und einer schwarzen glänzenden Lederhose, und schrie in meine Richtung:

»Duarschkopfhauaboderichfahrdichübernhaufenduarschkopf!«

Ich kam mir vor wie Keanu Reeves in *Matrix*. Ich hielt einfach die Hand hoch und sein Gebrüll prallte dran ab wie in dem Film die Kugeln an Keanu. Das war ein Superaugenblick. Auf beiden Seiten von uns blieben die Leute stehen und schauten uns zu. Nachdem der Typ seinen Text noch ein zweites Mal abgesondert hatte, plumpste er auf seinen Sitz zurück und trampelte wieder aufs Gas. Losfahren konnte er aber nicht, weil außer mir noch fünfundneunzig andere Leute die Straße blockierten. Ein paar beschimpften den Irren, andere feuerten ihn an, die Stimmung um mich rum war super. Fast hätte ich mich ans Fenster des Brillenladens gelehnt und gewartet, was weiter alles passierte. Doch dann hatte ich keine Lust, rumzustehen.

Ich kam an einer Discothek vorbei, vor der Leute warteten. Ich machte einen Bogen um sie. An der nächsten Ampel blieb ich stehen. Gegenüber waren ein italienisches Restaurant und daneben ein McDonald's. Essen wäre nicht schlecht, dachte ich.

Also kaufte ich mir am Imbissstand des Restaurants zwei Pizzaschnitten und setzte mich auf eine niedrige Steinmauer. Auch die meisten Tische auf der Terrasse des Lokals waren besetzt.

Während ich aß, überlegte ich, wie man einen Film sehen kann, ohne dass man was sieht. Man hört die Musik und Dialoge. Und wenn die Musik aussetzt und die Personen nichts sagen? Wenn bloß Action ist? Und in den meisten Filmen gab es die meiste Zeit Action, und wenn man die nicht mitkriegte, wozu ging man dann ins Kino?

Blind sein wollte ich nicht. Ich wollte auch nicht taub sein oder sonst wie behindert. Einbeinig oder einarmig. Oder stumm. Was vielleicht nicht das Allerschlimmste wäre. Reden brachte sowieso meist nichts, dafür waren meine Eltern der beste Beweis. Oder die Schnepfen in meiner Klasse. Wenn man nicht sprechen konnte, schrieb man eben. Allerdings hätte zum Beispiel taub sein den Vorteil, dass ich dann den Unsinn meines Vaters nicht länger mit anhören müsste. Ich würde dann bloß nicken oder grinsen und den Kopf schütteln oder sonst was und er würde allen Ernstes glauben, dass ich ihn verstand. Vielleicht wäre taub sein besser als stumm sein. Andererseits, was würde es meinem Vater nützen, zu labern, wenn ich ihm keine Antwort geben konnte? Er würde seinen ganzen Müll über mich kippen und ich könnte höchstens einen Zettel schreiben: Alles klar, Superidee, und solche Sachen. Zu einem Dialog mit ihm wäre ich jedenfalls nicht mehr gezwungen, für alle Zeit.

Nur blind sein, das wäre das Allerübelste.

Dann sah ich Sonja vor mir und hatte wieder einmal keine Ahnung, wie sie es schaffte, so gut drauf zu sein. Durch die Stadt zu laufen. In einer Kneipe zu arbeiten. Zu schwimmen.

Wie sie es geschafft hatte, mich aus dem Wasser zu fischen.

Das war immer noch das größte Geheimnis dieses Tages. Und je länger ich darüber nachdachte, desto klarer wurde mir, dass dies das größte Geheimnis meines Lebens war.

Und auch wenn mein Geburtstag jetzt fast vorbei war, hatte ich noch einen Wunsch, von dem ich unbedingt wollte, dass er in Erfüllung ging. Sonja musste mir extrem genau erklären, wie es ihr gelungen war, mich zu retten.

Das war ein merkwürdiger Ausdruck: mich zu retten. Sehr merkwürdig. Und irgendwie unheimlich. Immer noch. Immer noch, nach den vielen Stunden, die vergangen waren, seit wir das Bad verlassen hatten.

Ich war gerettet worden. Und zwar nicht von einem Rettungsschwimmer. Nicht von der Bademeisterin in ihrem weißen Aufzug. Sondern von Sonja.

Ich warf den Pappteller in den Mülleimer. Und als ich nach meinem Buch griff, das ich auf die Mauer gelegt hatte, bemerkte ich, dass meine Badehose auf den Boden gefallen war. Ich hatte sie, zusammen mit dem Taschenbuch, die ganze Zeit in der Hand gehalten, ohne dass mir das aufgefallen war. Jetzt war sie trocken. Ich betrachtete sie. Hellblau mit weißen Streifen, total unmodern. Man musste uralt sein, um so eine Badehose öffentlich anzuziehen, mindestens dreißig oder vierzig.

Erst als ich das Lachen hörte, kapierte ich, was los war. Ich stand da, mitten in der Nacht, vor dem Lokal und dem McDonald's und der Disco, vor der jetzt die Leute anstanden, und glotzte meine Badehose an, die ich mir vors Gesicht hielt wie einen verdammten Megafummel.

»Spitzenteil«, sagte einer der Jungs.

Und seine Freundin: »Supergeil.«

Ich sagte: »Ganz genau.« Und knüllte die Hose zusammen, als wäre sie aus Papier, griff mir mein Buch und ging.

»Kannst du überhaupt schon schwimmen?«, rief mir jemand hinterher. Und jemand lachte und jemand pfiff.

Auf den niedrigen Bänken am Rand des Bürgersteigs saßen Paare und knutschten. Penner saßen auch da, einige auf dem Boden, ein paar Junkies, Klassentreffen der Loser. Die normalen Spaziergänger schauten weg. Totaler Betrieb. Auf meiner Uhr war es kurz nach elf. Bei uns in Obergiesing waren um diese Zeit schon seit Stunden die Bürgersteige hochgeklappt. Kein Wunder, dass die Leute in Schwabing kein Geld fürs Taxi übrig hatten, die gaben alles in der Nacht aus.

Auf der Straße fuhren ständig Taxis vorbei. Soweit ich das sehen konnte, waren sie voll, zumindest brannte auf praktisch keinem Wagen das gelbe Licht.

Und dann hatte ich eine Idee.

Ich wollte etwas testen. Zu diesem Zweck steckte ich

das Buch und die Badehose in jeweils eine der Innentaschen meiner Jeansjacke und dann die Hände in die Hosentaschen.

Und dann ging's los.

Mit geschlossenen Augen.

Zack!, knallte ich gegen einen Baum, Hirn voraus.

»Hey, Obacht!«, brüllte wer, wahrscheinlich Einstein.

Aber ich machte die Augen nicht auf. Erst mal blieb ich stehen und rieb mir die Stirn. Ich spürte eine brutale Schramme. Hinter mir klingelte ein Fahrradfahrer. Vorsichtshalber rührte ich mich nicht von der Stelle.

»Pass auf, du Depp!«, rief der Radler, als er an mir vorbeiraste. Zumindest stand fest, dass ich noch nicht auf die Straße geraten war.

Ich drehte mich im Kreis. Und schon wusste ich nicht mehr, in welche Richtung ich weiterging. Mit totaler Aufmerksamkeit spitzte ich die Ohren. War nicht festzustellen, ob die Autos Richtung Süden oder Norden fuhren.

»Wo willst'n du hin?«, sagte ein Mann. Woher sollte ich das wissen? Da knallte ich mit dem Knie gegen eine Eisenstange, schrie auf, wollte weitergehen, blieb mit der Hose hängen und schaffte es gerade noch, nicht hinzufallen.

»Bist du blind oder was?«, rief jemand.

»Nein«, sagte ich.

Aber ich machte die Augen nicht auf. Das war doch völlig idiotisch, so durch die Gegend zu laufen. Wo war ich jetzt? In meinem Knie hämmerte es. Genau wie hinter meiner Stirn. Welche Richtung? Wieder drehte ich mich im Kreis.

»Hast du 'n Rausch?«

»Nein, verdammt!«, sagte ich laut.

»Ich glaub aber schon!«

Was mischte sich der Typ dauernd in mein Experiment ein? Das Beste war, ich ging einfach weiter. Klappte gut. Ich kam voran. Ich achtete darauf, kleine Schritte zu machen, mit den Sohlen schleifte ich über den Boden.

Irgendwo sang ein Vogel, den hatte ich vorher nicht gehört. Das hatte ich schon mal gelesen, dass Blinde besser hören als andere Leute. Und was war zu riechen? Merkwürdigerweise hatte ich den Eindruck, es roch nach Obst, ähnlich wie im Westend. Aber das war unmöglich um diese Zeit. Und Apfel- oder Orangenbäume wuchsen hier weit und breit nicht. Vielleicht eine Nasenhalluzination.

Nach einiger Zeit war es überhaupt nicht mehr schwierig, geradeaus zu gehen, ohne gegen etwas zu stoßen. Die Hände in den Hosentaschen, marschierte ich dahin, anscheinend wichen mir alle aus, keine blöden Sprüche mehr, keine Hindernisse, kein Klingeln.

So fest ich konnte, presste ich die Augen zu. Alles total schwarz. Sogar wenn ich blinzelte, nur ein wenig, so wenig, dass nichts von der Welt zu erkennen war, hörte das Schwarz nicht auf. Höchstens winzige helle Punkte huschten über meine Pupillen. Ob Sonja auch diese Punkte sah? Ich hatte vergessen, sie zu fragen.

Und während ich immer weiterging, von niemandem angerempelt, total geradeaus, zielsicher, wenn ich ein Ziel gehabt hätte, nahm ich mir vor, Sonja morgen all die Fragen zu stellen, zu denen ich heute nicht gekommen war. Ich würde sie im »Goran« besuchen und nicht eher verschwinden, bis ich alles wusste. Gleich in der Früh. Wenn am wenigsten los war. Und wiedersehen musste ich sie sowieso. Sowieso. Unbedingt. Das war total unvermeidlich. Blöd, dass ich keine Ahnung hatte, wo sie wohnte. Sonst hätte ich sie heute noch anrufen und ihr sagen können, dass ich einen Test gemacht und jetzt kapiert hätte, wie sie durch die Welt kam, auch ohne was zu sehen, ohne jeden Zentimeter genau vorherzubestimmen. War nicht so schwer. War sogar leicht, wenn man keine Angst hatte.

Auf einmal war der Boden weg. Dann war gleich wieder einer da und gleich wieder weg. Und ich kippte nach vorn und ich machte die Augen auf, aber ich hätte sie auch zulassen können.

So oder so ging es unfassbar abwärts.

Und kein Idiot hatte mich gewarnt.

Wie ein verdammter Stuntman stürzte ich eine Treppe hinunter und hatte keine Ahnung, wo ich landen würde. Mein Rücken krachte auf die Kanten der Betonstufen, ich riss die Arme hoch, um irgendwie meinen Kopf in Sicherheit zu bringen. Ich kugelte nach unten und es hörte überhaupt nicht mehr auf.

Bei jedem Aufprall hätte ich losbrüllen mögen, aber dann war es zu spät. Dann kam schon der nächste Aufprall, und bis meine Stimme die Kehle hochkam, schlug ich schon wieder auf einer Stufe auf und meine Stimme zerbröselte wie eine Statue, auf die ein Meteorit fällt.

Der Meteorit war ich selber. Und die Statue auch. Eine Statue aus Fleisch und Blut und null Standfestigkeit.

Und wegen der Superschwerkraft kam ich unten an, überschlug mich ungefähr vierunddreißigmal, wobei ich jedes einzelne Mal ganz genau mitbekam, und blieb auf dem Rücken liegen.

Meine Augendeckel klappten von selber auf.

Die Welt war voller Frauen, die alle Pflaster dabeihatten. Vielleicht war auch gerade Weltkongress der Krankenschwestern in der Stadt. Jedenfalls hatte ich, bevor ich überhaupt halbwegs wieder stehen konnte, ein Pflaster an jeder Hand, eines auf jeder Backe und eines auf der Stirn. Ich sah aus wie ein Depp, der, anstatt in seiner Gummizelle zu bleiben, in einer kantigen Gegend Amok gelaufen war.

»Hast du Schmerzen?«, fragte eine der Schwestern. Sie hatte eine gelbe Mütze auf, unter der graue Haare hervorstanden.

Sofort fragte ich mich, was sie um diese Zeit hier trieb. Keine Ahnung, wieso ich mich das fragte. Für das, was in meinem Kopf vorging, war ich nicht mehr verantwortlich. Ich bestand aus mehreren Teilen, die irgendwie nichts miteinander zu tun hatten, jemand hatte sie neu zusammengesetzt und dabei die Nummerierung verwechselt.

Mich zu fragen, ob ich Schmerzen hatte, war mit Abstand die dämlichste Frage des Jahrhunderts.

»Nein«, sagte ich.

»Er blutet, wir müssen den Notarzt holen«, sagte eine Schwester.

»Er hat einen Schock«, sagte eine andere.

»Er hat innere Verletzungen«, sagte eine dritte.

»Nein«, sagte ich.

Jetzt stellte ich fest, dass ich stand. Ich war tatsächlich aufgestanden.

Ich stand im Untergeschoss in der Nähe der Treppe, noch eine Treppe tiefer fuhr die U-Bahn. Ich wollte wissen, an welcher Station ich mich befand, und drehte den Kopf. Brutaler Fehler. Alles knackte. Als hätte ich Streichhölzer statt Knochen, und die knickten ab, wenn ich bloß atmete.

»Ahh!«, schrie ich. Sogar das Schreien tat mir weh. Als würde meine Stimme auch noch anfangen, sensibel zu sein. »Ahh!«, schrie ich gleich noch mal, grad zum Fleiß.

Ich hatte keine Schmerzen, ich war der Schmerz persönlich.

Trotzdem hatte ich die weiße Schrift an der Wand gesehen. U-Bahn-Haltestelle Giselastraße. Das bedeutete, ich war nicht nach vorn, sondern zurückgelaufen bei meinem Experiment. Anstatt aus diesem verdammten Schwabing wegzukommen, war ich wieder mittendrin.

»Schwabing muss weg!«, rief ich.

Eine Schwester sagte: »Er hat eine Gehirnerschütterung.«

Du hast auf alle Fälle keine, dachte ich, wo nichts ist, kann nichts erschüttert werden. Es dachte in meinem Kopf.

Dann machte ich einen Schritt. Das hieß, meine Beine bewegten sich und ich schaute zu. Sehr gut, wie die das hinkriegten. Ich bewegte den Rest einfach mit. Bis zur ersten Stufe der Treppe. Extrem vorsichtig legte ich den Kopf in den Nacken. Die Treppe war so steil wie die Benediktenwand und genauso hoch. Und ich war ohne Seil da runter. Und hier stand ich. Wieso klatschte niemand?

Um mich war ein Geruch. Haarspray, Parfüm, Äpfel?

»Soll ich dich ins Krankenhaus fahren?«

Nach ungefähr fünfzehn Minuten hatte ich meinen Kopf herumgeschraubt, ohne dass mein Nacken in tausend Brösel zerfallen war.

»Nein«, sagte ich.

»Ich glaub aber schon«, sagte die Schwester.

»Weißt du, dass du unglaublich Glück gehabt hast?« Das war eine andere Schwester, die außerhalb meines Blickfelds stand, weit außerhalb. Drüben in Andromeda.

Mein rechter Fuß machte einen Schritt auf die erste Stufe. Sensationell. Mein linker stand seinem Kumpel in nichts nach. Weiter so, dachte es in meinem Kopf. Meine Hand griff nach dem Geländer, meine Schultern schoben sich hoch, überall knackte und knirschte und rumpelte es. Aber ich kam vorwärts.

»Wir müssen ihn aufhalten«, hörte ich jemand sagen.

»Wir müssen seine Eltern verständigen.«

Das war das Stichwort. Als wäre ich dieser Typ aus der Bibel, der plötzlich wieder gehen kann, spurtete ich los. Ich hinkte und in meinem Knie hockte ein verdammter Winzchinese und haute mit einem Hammer dagegen, doch ich hinkte schneller, als die Schwestern schlucken konnten.

Noch eine Stufe und noch eine Stufe, meine Hand zog und zog und dann war ich oben, hustete und spuckte Zeug aus, das ziemlich interessant aussah, und dann drehte ich mich um, und zwar ganzkörpermäßig, das tat am wenigsten weh.

Von unten sahen garantiert siebzehn Krankenschwestern zu mir herauf, mit einer Miene im Gesicht, dass ich mir vorkam wie das letzte überlebende Waisenkind in Uganda.

»Ist das deine Badehose?«, rief eine von ihnen. Vor Schreck raste meine Hand in die Innentasche meiner Jacke.

Das Buch war noch da!

»Nein«, sagte ich.

»Was?«, rief die Schwester.

Mein Kopf schüttelte sich.

Als ich meine Hand betrachtete, steckte zwischen den Fingern ein Zettel. Der musste in der Tasche gewesen sein, er war rot und ich hatte ihn nie vorher gesehen. Ich hielt ihn mir vor die Augen. 3 08 69 42 stand darauf in schwarzer Schrift und außerdem: S.

Esspunkt.

Sonja.

Sie hatte mir eine Botschaft hinterlassen.

Jetzt kapierte ich: Deswegen hatte ich den Treppensturz überlebt. Damit ich es schaffte, sie anzurufen.

Vielleicht hatte meine Mutter Recht. Vielleicht gab es tatsächlich einen verdammten kosmischen Plan, in dem sogar ich vorkam.

13

War ich Alien V? Ungefähr zwei Stunden musste ich mich vor ihrer Tür anstarren lassen, bevor sie mich endlich reinließ. Im Gegensatz zu ihrer Tochter hatte Cornelia einen Berg Haare auf dem Kopf, die sie mit unsichtbaren Nadeln zusammengesteckt hatte.

An der Tür hatte sie gesagt: »Ich bin Cornelia.«

So etwas würde meine Mutter nie sagen. Ich bin Katrin. Und mein Vater schon dreitausendmal nicht. Ich bin Max. Wenn ich früher nicht zufällig irgendwann mal eine Anschrift auf einem Brief gelesen hätte, hätte ich meine komplette Kindheit darüber nachgegrübelt, wie meine Eltern mit Vornamen hießen. Je nach Laune nannte mein Vater meine Mutter Du! oder Hey! und meine Mutter redete ihn überhaupt nicht an. Außer meinem Großvater und ein paar seiner Kollegen sagte kein Mensch Max zu ihm.

Während ich den elf Kilometer langen Flur hinter Sonjas Mutter herhinkte, überlegte ich, wie Sonjas Vater hieß. Paul? Sonja, Cornelia und Paul? Falsch. Vielleicht Herbert. Sonja, Cornelia und Herbert. Ich bin Herbert. Und ich: Ich bin Lukas. Max, Katrin und Lukas: So würde es unter der Todesanzeige in der Zeitung stehen, wenn mein Großvater starb.

»Hallo, Lukas.«

Am Tisch in der Küche saß Sonja und sonst niemand. Sie trug ihre dunkle Brille und einen hellbraunen Pullover, über den ich mich sofort wunderte, weil er mir viel zu warm vorkam für den Tag, der schon wieder anfing, total zu dampfen.

Woher wusste sie, dass ich es war?

Wahrscheinlich hatte sie gelauscht. Aber ich hatte eigentlich überhaupt nichts gesagt außer meinem Namen. Gefragt hatte ich natürlich, ob ich Sonja sprechen könne. Und Cornelia hatte meinen Namen nicht wiederholt.

»Setz dich«, sagte Sonja.

Die Küche war ewig hoch, genau wie der Flur, und es gab eine zusätzliche Essnische mit einem runden Tisch und drei Stühlen. Eine Tür ging auf einen Balkon hinaus. Dann fiel mir noch auf, dass der Herd keine Platten hatte, die waren bloß irgendwie draufgezeichnet.

»Möchtest du einen Tee?«, fragte Cornelia.

Jetzt fiel mir wieder ein, was sie an der Tür zu mir gesagt hatte: »Ich bin Sonjas Mutter.« Bevor sie mich anstarrte und ich am liebsten wieder umgekehrt wäre.

Ich setzte mich. Auf dem Tisch lag Frühstückszeug, Brot, Marmelade, Margarine, keine Butter, Margarine. Die verabscheute meine Mutter. Wieso aßen die hier Margarine, wenn sie sich so eine Wohnung leisten konnten? Ein wenig erinnerte sie mich an die von Elsas Mutter, viel Platz überall, superrenovierter Altbau, Glassachen, kein Gerümpel wie bei uns.

Sonjas Wohnung gefiel mir sofort besser als die von Elsa, sie wirkte normaler, nicht so protzig, so vorzeigemäßig. Auch wenn dieser Ofen schon knapp vor der Angabegrenze war.

»Was ist?«, fragte Cornelia. »Gefällt dir der Herd?«

Ich zuckte mit der Schulter. Hätte ich nicht tun sollen. Anscheinend knickten jetzt auch noch die restlichen Streichhölzer ab, die früher mal meine Knochen waren. Oder es fand eine Versammlung von Kugelblitzen in meinem Rücken statt. Nicht einmal meine Fingernägel taten mir nicht weh. Ich hätte fast losgeheult.

»Du weinst ja«, sagte Cornelia und stellte eine rote Tasse vor mich hin, aus der es herausdampfte.

»Nö«, sagte ich. Im nächsten Moment schrie ich laut Ahh!, und obwohl ich mir superdämlich vorkam und genau spürte, wie mir die Tränen runterliefen, als wäre ich die Russenseele Natalia in Hochform, kam ich vor lauter Schmerzen nicht dazu, mich zu schämen.

Ich heulte ein halbes Jahr.

Hockte morgens um halb neun in einer fremden Küche und leerte vor fremden Leuten meine Augen aus. Ich war die peinlichste Person des 21. Jahrhunderts.

Als ich mich einigermaßen wieder eingekriegt und mir mit einem Papiertuch, das irgendwo herkam, das Gesicht abgewischt hatte, entdeckte ich plötzlich eine Hand auf meinem Unterarm. Die Hand hatte schöne schmale Finger und rot lackierte Fingernägel. Und wie sie so dalag auf meinem Unterarm, ruhig und warm und irgendwie total logisch, musste ich an das Lächeln im »Goran« denken, merkwürdigerweise nur an das Lächeln, nicht an das Gesicht drum herum, nicht an Sonja direkt, nur an das Lächeln. Als könnte man ein

Lächeln sehen, bloß das Lächeln und nicht den Mund, die Lippen und alles. Das war schon ein irrer Augenblick. Dauerte höchstens eine Mikrosekunde, aber ich hab ihn erlebt, ich schwör's.

»Trink einen Schluck«, sagte Sonja.

Jetzt lag ihre Hand nicht mehr auf meinem Unterarm, aber die Berührung war komplett noch da.

»Was hast du denn angestellt?«, fragte sie, nachdem ihre Mutter ihr beschrieben hatte, wie ich aussah. Allerdings hätte ich mich nach dieser Beschreibung selber nicht erkannt.

»Bin hingefallen.«

»Bist du verprügelt worden?«

»Bin ich nicht.«

Wahrer ging's nicht, und das musste genügen.

Der Tee, den sie mir angeboten hatten, war nicht gerade mein Lieblingstee. Grüner Tee aus Japan, wie Cornelia mir erklärte. Von mir aus. Ich trank trotzdem lieber schwarzen Tee aus dem Supermarkt, den meine Mutter immer kochte.

»Du hast Augenringe«, sagte Cornelia. Inzwischen hatte sie sich eine Lederjacke angezogen. Sie machte den Eindruck, als wartete sie auf irgendeinen Startschuss.

»Sag doch was«, sagte Sonja. Sie verschränkte die Arme vor der Brust und atmete merkwürdig. Vielleicht bildete ich mir das alles auch nur ein. Ich war schon verblödet vor Hunger. Wieso ich die Semmel nicht aß, die mir Cornelia extra auf einen Teller gelegt hatte, war mir ein Rätsel. Aufs Klo musste ich auch.

»Ich muss langsam los«, sagte Cornelia.

»Ich komm schon klar«, sagte Sonja.

Ich furzte. Das war total unvermeidlich.

»'tschuldigung«, sagte ich und stand auf. »Wo is'n hier …« Ich hatte das Sprechen verlernt.

»Letzte Tür auf der linken Seite«, sagte Cornelia.

Ich beamte mich hin.

In der Toilette war ein Regal, auf dem Zeitschriften und Bücher lagen, Krimis, Gedichte, was von einem Typen aus Amerika, der was gegen das Fernsehen hatte, zwei Bände Asterix aus der Steinzeit, kein Beckett weit und breit.

Ich holte mein Taschenbuch heraus und las eine Seite. Außer den zwei Pennern tauchen noch zwei andere Gestalten auf, von denen der eine ein Seil um den Hals hat und von dem anderen ziemlich mies behandelt wird. Abgefahrene Sachen, die die reden. Frau Schirn hatte uns von diesem Beckett erzählt und uns seine Stücke empfohlen. Außer mir las kein Mensch in der Klasse das Zeug. Mir gefielen die Bücher von Anfang an. Aber das sagte ich Frau Schirn nicht, ich wollte mich nicht wichtig machen. Vielleicht würde ich irgendwann rausfinden, wieso ich die Sachen so stark fand. Passierte ja eigentlich nichts. Oder immer dasselbe. Die Leute warten, stecken fest, kommen nicht vom Fleck, labern vor sich hin. Wahrscheinlich war ich der Einzige in der ganzen Stadt, der das Zeug las. Mir doch egal.

Ich steckte das Buch wieder ein. Das Klopapier war extrem weich. Hätte vielleicht was klauen sollen.

Als ich fertig war, öffnete ich das schmale Fenster.

Davor stand ein Mordsbaum. Überhaupt war der ganze Innenhof grün und superaufgeräumt, nicht wie bei uns hinterm Haus.

Dann wusch ich mir die Hände. Und mein Kopf tauchte im Spiegel über dem Waschbecken auf. Das war das erste Mal seit zwanzig Jahren, dass ich mein Gesicht sah. Und das war nicht mein Gesicht.

Das war das Gesicht eines Außerirdischen. Und zwar eines Außerirdischen aus der übernächsten Galaxie.

Ich war bleich. Bleicher als bleich. Nicht blass oder käsig. Bleichig. Jemand, der nie in die Sonne ging und irgendwo in einem ultragrauen Keller hauste, hätte nicht bleichiger sein können. Ich klappte extra den Mund auf, um zu testen, ob wir dieselben waren.

In meinem Gesicht klebten drei Pflaster, jeweils eins auf der Wange und eins auf der Stirn. Und überall Schrammen und Striemen. Kein Liebhaber von Elsas Mutter würde kaputter aussehen, nachdem er siebenhundert Milchkännchen abgekriegt hätte. Und meine Augenringe hingen mir bis zu den Knien runter. Und meine Augen waren achtmal so rot wie auf den Fotos, die mein Vater immer knipste. Dagegen sahen meine roten Haare aus, als wären sie ausgebleicht.

Überhaupt hatte ich plötzlich den Eindruck, meine Haare wären weniger geworden. Brutal umständlich hob ich einen Arm. In meinem Rücken knirschte es. Ich fuhr mir mit der Hand über den Kopf, rieb vorsichtig, packte ein Büschel Haare, zog daran. Sie gingen nicht gleich aus. Jedenfalls nicht alle auf einmal. Ich musste hier raus.

Auf dem Flur hörte ich Stimmen aus der Küche und aus irgendeinem Grund ging ich auf Zehenspitzen.

»Was willst du denn mit ihm?«, fragte Cornelia.

»Er ist doch nett.«

»Wie alt ist er denn?«

»Vierzehn, er hat gestern Geburtstag gehabt«, sagte Sonja. Das hätte ich fast vergessen gehabt. Vor einigen Tagen hatte ich einen Bericht gelesen, wie man das nannte, wenn einem nichts mehr einfiel. Das Wort fiel mir nicht mehr ein.

»Das gefällt mir nicht«, sagte Cornelia. »Wer weiß, was der von dir will. Schick ihn bitte weg. Oder noch besser, ich nehm ihn mit runter.«

»Ich pass schon auf.«

»Das sagst du immer.«

Dann schwiegen sie und ich wartete ab.

»Ein fremder Junge aus dem Schwimmbad«, sagte Cornelia laut.

»Ciao, Mama. Ich sag dir Bescheid, wenn ich rausgeh.«

Ich hörte mehrere Küsse, vielleicht neunzehn. Mit auffälligen Schritten ging ich weiter. Das Parkett glänzte und von meinen Nikes rieselte getrockneter Dreck. Das war ein echter Nachteil, wenn man so aufpoliert wohnte.

»Hallo«, sagte ich in der Tür.

Sonja öffnete gerade die Balkontür.

»Wir setzen uns raus«, sagte sie.

Aber zuvor durchlöcherten mich die Blicke ihrer Mutter.

14

»Ich will das jetzt wissen!«, sagte ich.

»Wozu denn?«, sagte sie.

»Weil ich es wissen will!«

»Ich kann's dir nicht erklären, und das hab ich dir jetzt schon hundertmal gesagt.«

Ich sagte: »Und wenn ich nicht meinen Namen gerufen hätte?«

»Dann wärst du jetzt tot«, sagte sie und zog die Ärmel ihres Pullovers bis über die Hände.

»Ist dir kalt?«, fragte ich.

Sie sagte nichts.

Ich sagte: »Du hast mir deine Telefonnummer freiwillig aufgeschrieben.«

»Ja«, sagte sie, »die Telefonnummer.«

»Ich hab gedacht, ich komm einfach vorbei.«

Sie hob den Kopf und ich konnte ihre Augen hinter der Brille sehen.

»Sag du mir lieber, was mit dir passiert ist. Warst du nicht zu Hause?«, sagte sie.

»Nein.«

»Du warst die ganze Nacht unterwegs?«

»Ja.«

»Wieso denn?«

»Wieso nicht?«

»Hast du Streit mit deinen Eltern?«

»Nein.«

»Du kannst ruhig zugeben, dass du verprügelt worden bist.«

»Ich bin nicht verprügelt worden.«

»Und von wem hast du die Pflaster?«

»Hab ich geschenkt gekriegt.«

»Zum Geburtstag?«

Sie lächelte eine Mikrosekunde lang. Ich nicht.

»Was macht deine Mutter?«, fragte ich.

»Sie ist Architektin.«

»Und dein Vater?«

»Mein Vater ist tot.«

Den Satz hatte ich auch schon oft gesagt.

»Meiner auch«, sagte ich.

»Schon lang?«, fragte sie, und es klang total traurig.

»Nein«, sagte ich. Und dann: »Er ist nicht tot. Hab ich nur so gesagt.«

Was dann passierte, dauerte weniger als eine Mikrosekunde. Als ich wieder denken konnte, hatte Sonja sich schon wieder hingesetzt. Worüber ich mich wunderte, war, wie sie mich so zielsicher getroffen hatte. Normalerweise hätte sie erst mal danebenhauen müssen, sie wusste überhaupt nicht, wo genau ich saß.

Anscheinend wusste sie es doch. Ihre Hand landete genau auf meiner rechten Backe und es knallte und ich dachte, mir fliegt der Kopf ab.

Danach saß ich da. Überlegte was. Sonja trank ihren Tee, hielt die Tasse mit beiden Händen, stellte die Tasse hin, hob den Kopf.

»Sag so was nie wieder!«, sagte sie. »Nie wieder, du blöder Depp!«

»Bist du Linkshänderin?«, fragte ich. Die Antwort interessierte mich noch weniger als die Frage.

»Ja«, sagte sie.

Mir war heiß. Obwohl ich keinen verdammten grünen Tee mehr trank. Obwohl der Balkon im Schatten lag. Die ganze Hitze staute sich auf meinem Gesicht. Auf der rechten Seite. Meine Backe schwoll an, bis sie so dick war wie der Reifen eines Formel-1-Ferraris. Sogar noch dicker.

»Das hast du verdient«, sagte Sonja. Im Gegensatz zu mir schien ihr kalt zu sein. Sie zog die Schultern hoch und faltete die Hände irgendwie verkrampft.

»Vanessa hat mich auch dauernd gefragt, wieso ich in das Becken gesprungen bin, und ich kann ihr keine Antwort geben. Also gibt's vielleicht keine. Du siehst doch, dass ich mich gut bewegen kann, ich fürcht mich nicht, ich geh allein auf die Straße, ich hab einen Job, auch wenn es ein langweiliger Job ist. Aber ich lass mich nicht in ein dunkles Zimmer verpflanzen.«

»Wie, verpflanzen?«, fragte ich. Weil ich testen wollte, ob meine Stimme schon vertrocknet war.

»Ich schreib am Computer, ich hab eine Tastatur mit Brailleschrift. Braille war der Junge, der die Blindenschrift erfunden hat, verstehst du? Ich werd eine Ausbildung machen und einen richtigen Beruf erlernen. Rettungsschwimmerin fällt natürlich weg.«

»Bist du ja schon«, sagte ich. Meine Backe schwoll langsam ab.

»Ja«, sagte sie.

Dann dauerte es, bis sie wieder etwas sagte.

»Am Anfang war's fürchterlich. Am Anfang hab ich oft gedacht, ich bring mich um. Aber dann wollt ich meine Mama nicht allein lassen. Ich bin seit sieben Jahren blind.«

»Hast du einen Unfall gehabt?«, fragte ich.

»Ja«, sagte sie. »Erzähl mir was von dir.«

»Was denn?«

»Sag mir, wie du aussiehst. Ohne die Pflaster und so.«

Ich saß da und dachte daran, was ich im Spiegel auf der Toilette gesehen hatte.

»Du siehst also ziemlich normal aus«, sagte sie dann. »Abgesehen von deinen roten Haaren.«

»Die sind auch normal«, sagte ich.

»Gehst du aufs Gymnasium?«

»Realschule.«

»Ich hab gedacht, du gehst aufs Gymnasium, weil du dauernd in einem Buch liest.«

»Glaubst du, auf die Realschule gehen nur Blödis?«

»Nein«, sagte sie. »Außerdem sind Leute, die studiert haben, bestimmt nicht freundlicher als andere. Oder klüger. Oder toleranter. Die denken auch immer, ich merk nicht, wenn sie an mir vorbeischauen.«

»Wie merkst du das?«

»Das spür ich. Ich spür, ob du mich anschaust oder nicht.«

Ich überlegte einen Moment, dann drehte ich den Kopf zur Seite.

»Und?«, sagte ich. »Schau ich dich jetzt an?«

»Nein«, sagte sie.

»Woher willst du das wissen?«

»Sonst hättst du mich nicht gefragt. Du bist nämlich so einer.«

»Was für einer bin ich?«

»So einer. Der so Spiele macht.«

»Ich mach keine Spiele.«

»Jetzt schaust du mich wieder an.«

Ich sagte nichts.

Sie sagte: »Das hör ich am Klang deiner Stimme. Wenn du dich wegdrehst, klingt sie anders. Komm.«

Mit einer Hand hielt sie sich an dem kleinen runden Tisch fest, stand auf, nahm mit der anderen Hand den Stuhl, auf dem sie saß, drehte ihn herum und setzte sich wieder. Jetzt schaute sie hinunter in den Hof. Natürlich schaute sie nicht.

»Setz dich neben mich«, sagte sie. »Es ist so schön hier.«

Ziemlich automatisch nahm ich meinen Stuhl und stellte ihn neben ihren. Als ich mich hinsetzte, berührte ich sie aus Versehen an der Schulter.

»Entschuldigung«, sagte ich.

Sie saß bloß da und tat so, als würde sie über den Hof blicken, hinüber zu den anderen Häusern.

Wenn ich es mir genau überlegte, war es total angenehm, hier zu sitzen. Kein Mensch würde auf die Idee kommen, mich hier zu suchen. Irgendetwas würde sich ergeben, der ganze Tag lag noch vor mir und morgen auch. Und eine Nacht hatte ich schon überstanden.

Ohne zusammengeschlagen, ausgeraubt, niedergestochen oder ermordet worden zu sein. Bisher war das der beste Geburtstag, den ich je hatte.

Plötzlich sagte Sonja: »Heute riechst du nicht so gut wie gestern.«

»Wieso nicht?«, sagte ich tatsächlich.

»Wo warst du heut Nacht?«

»Draußen.«

Drinnen, auf dem Küchentisch, lagen noch zwei Semmeln und ich hatte den totalen Hunger danach. Ich konnte überhaupt nicht mehr denken.

»Wo draußen?«

»Was?«

»Was ist denn mit dir?«, sagte Sonja. Und als sie sich mir zuwandte, flog ein Geruch rüber, der ganz süß war, obwohl ich gleich wieder an Zitrone denken musste.

»Nichts«, sagte ich.

»Du hast Hunger.«

»Ja.«

»Endlich sagst du mal die Wahrheit.«

»Spinnst du?«, sagte ich. »Ich sag immer die Wahrheit!«

Zack!, landete ihre Hand wieder auf meiner Backe. Diesmal aber extrem weich. Ich bewegte mich nicht. Hielt meinen Kopf still, als wäre ich komplett versteinert. Und jetzt? Nichts passierte sonst. Ich schaute nach vorn, sie schaute mich von der Seite an. Theoretisch. Unauffällig bewegte ich meine Augen nach links. Sie hatte eine schwarze Hose an und drüber diesen langen Pullover, in dem ich mich schon längst zu Tode geschwitzt hätte. Weiße flache Schuhe, sahen irgendwie teuer aus, aber vielleicht bildete ich mir das nur ein. Weiter kam ich nicht mit dem Schauen. Sonst hätte ich den Kopf bewegen müssen, und das ging nicht. Ging irgendwie nicht. Also schaute ich wieder geradeaus. Drüben, auf den anderen Balkonen, standen die Türen offen, die Räume dahinter sahen ziemlich leer aus auf die Entfernung.

Von irgendwoher kam ein Quaken. Wie an einem See. Weiter nach vorn beugen konnte ich mich nicht. Wegen Sonjas Hand. Das Quaken hörte nicht mehr auf.

»Das sind Enten«, sagte Sonja. »Unser Nachbar hat auch eine Ziege, die läuft manchmal hier rum. Er wohnt da unten in dem Glashaus.«

Aus meiner Position war das Glashaus nicht zu sehen.

Wieso nahm sie ihre Hand nicht weg?

Wieso rückte ich nicht einfach zur Seite und fertig? Dann wäre ihre Hand von selber weg.

Sie konnte sich genauso wenig bewegen wie ich. Wahrscheinlich beobachtete uns jemand von einem der Häuser aus, versteckt hinter dem Grünzeug auf den Balkonen, und lachte sich einen ab.

»Wo warst du also heut Nacht?«, fragte Sonja.

»Im Park bei der Uni«, sagte ich.

»Und warum bist du nicht nach Hause gegangen?«

»Sag ich nicht.«

»Warum nicht?«

Sag ich nicht, sagte ich nicht ein zweites Mal.

»Du bist einer, der viel in seinem Kopf ist«, sagte Sonja.

»Was ist?« Ich hatte den Satz verstanden, aber ich verstand ihn nicht.

Sie sagte: »Du denkst dir dauernd Sachen aus, bestimmt ist es nie still in deinem Kopf. Stimmt's?«

»Stimmt«, sagte jemand. Das war ich. Wenn ich etwas jetzt nicht sagen wollte, dann: stimmt. Ich hatte es aber gesagt.

»Hast du im Dreck geschlafen?«

Das genügte. Mitsamt dem Stuhl rückte ich zur Seite und die Hand aus meinem Gesicht war weg. Aus meinem Gesicht. Ansonsten passierte nichts mit ihr. Klebte in der Luft. Sonja nahm sie nicht runter. War sie taub in den Fingern?

»Ich hab nicht im Dreck geschlafen«, sagte ich. Das war praktisch wahr. Jedes Mal wenn ich einschlafen wollte, hatte irgendwo was geraschelt oder Stimmen kamen näher. Aus einem der Kästen an der Leopoldstraße hatte ich drei Zeitungen mitgenommen, auf die ich mich im Park legte. Der Boden war hart, total ausgedörrt von der Sonne, es war warm, als wäre es Tag, und ich hatte gedacht, ich leg mich hin, schlaf ein und hab meine Ruhe. Klappte nicht. Klappte verdammt überhaupt nicht. Irgendwann kamen sogar zwei Polizisten durch den Park. Ohne Hund zum Glück. Ich rührte mich nicht und sie gingen vorbei. Als ich gerade anfing, was zu träumen, legten die Vögel los, alle tausend auf einmal. Es wurde schon hell und sie pfiffen und pfiffen und hockten anscheinend alle genau in dem Baum, der vor meinem Gebüsch stand.

»Lukas?«, sagte Sonja.

Ja, sagte ich nicht.

»Komm«, sagte sie. »Komm näher.«

Sie hielt ihre Hand schräg hoch, ihr Arm sah merkwürdig verdreht aus und ich konnte mir nicht vorstellen, dass es Spaß machte, so dazusitzen.

Ich kam nicht näher. Wozu denn? Ich hatte nicht im Dreck geschlafen. Sondern auf einer Wiese. Auf einer Wiese, kapiert? Auf einer Wiese und nicht im Dreck! Und es interessierte mich nicht, wie ich roch. Ich roch ganz normal, so wie immer. Gestern hatte sie noch gesagt, ich riech gut. Und heute? Und heute?

Wo kam die Hand jetzt wieder her? Ich hatte mich nicht bewegt. Ich nicht. Die Hand war aber da. Genau an derselben Stelle. Auf meiner linken Backe. Wie vorher. Ich hatte mich nicht bewegt.

»Ich finde, du solltest duschen, Lukas«, sagte sie.

»Nimm die Hand da weg«, sagte ich. Es war nicht genau das, was ich sagen wollte. Ich wusste nicht, was genau ich sagen wollte, was Ähnliches. Vielleicht nicht unbedingt: Nimm die Hand da weg. Ich wurde langsam total blöde. Wahrscheinlich vom Hunger. Ja. Ich hatte so einen Hunger, dass mein Hirn zerbröselte. Das ist doch idiotisch! Sitz ich auf einem Balkon mit einer Hand im Gesicht, die nicht meine ist!

»Ich muss was essen«, sagte ich.

Sie sagte: »Gleich.«

Gleich. Gleich.

Ungefähr ewig dauerte dieses Gleich dann.

Anscheinend gab es Dinge, die man nicht erklären konnte. Jedenfalls ich konnte sie nicht erklären. Ich wollte bloß meinen Geburtstag feiern, auf meine Weise, wie ich mir das lange gewünscht hatte. Und dann passierten ständig Dinge, die ich nicht erwartete. Und dann Sonja.

Ich aß die zwei Semmeln mit Orangenmarmelade, die schmeckte, als hätte ich mir eine echte Orange auf die Semmel geschmiert. Ich aß ziemlich schnell, nachdem ich es endlich geschafft hatte, vom Balkon in die Küche zu kommen.

Wie ich das geschafft hatte, kann ich nicht sagen.

Als ich mit dem Essen fertig war, ging es mir besser. Ich leckte mir die Lippen. Eine Semmel hätte ich noch essen können, aber es lag keine mehr da.

Gerade als ich aufstehen wollte, um mir den merkwürdigen Herd genauer anzusehen, kam Sonja herein. Ohne ihren weißen Stock. Sie tastete sich mit der Hand vorwärts, ziemlich flink, und ich saß immer noch da und schaute ihr zu. Da beugte sie sich zu mir herunter und klebte ihren Mund auf meinen.

Ihre Zunge war extrem nass. Sie schleckte mir die Lippen ab, was ich nicht mochte. Aus irgendeinem Grund klappte ich aber den Mund auf und ihre Zunge schoss rein, machte rum und verschwand wieder.

»Das hat gut geschmeckt«, sagte sie, als sei überhaupt nichts passiert.

In der Zwischenzeit rastete mein Herz aus.

15

Als ich aufstand, um mich zu duschen, dachte ich, jetzt springt das Ding raus aus meiner Brust und platscht auf den Fußboden. Wie ein Alien. Und ich sah ja auch aus wie ein Außerirdischer.

Irgendwann schaute ich in Sonjas Gesicht. Und das hätte ich nicht tun sollen. Besser, ich hätte die Wand angeglotzt oder den Tisch mit dem Marmeladenglas oder meine verdreckten Nikes. Wahrscheinlich hätte sich dann auch mein Herz wieder eingekriegt und ich nicht länger geschwitzt wie einer, den sie in der Sauna eingesperrt haben.

Sofort als ich hinsah, war für mich Sonjas Gesicht total unerklärlich. Keine Ahnung, was ein Gesicht einem erklären sollte, aber unerklärlich sollte es nicht sein. Dachte ich. Dachte mein komplett verirrtes Hirn, während mein Herz immer weiter rotierte und ich dastand, mit diesem merkwürdigen Geschmack im Mund, und einem blinden Mädchen in die Augen starrte.

Es kam mir vor, als würden meine Hände zu mir sprechen. Als würden die sagen, heb uns hoch und tu was mit dem Gesicht da drüben. Ich drehte durch.

In meinem Kopf passierten Sachen. Ich hörte meine Hände reden.

Und dazu kam, dass ich plötzlich das Gefühl hatte,

Sonjas Gesicht wäre so was wie ein Magnet. Als würden meine Hände davon angezogen, als wäre es total sinnlos, sich dagegen zu wehren.

Ich wollte was sagen. Und wieder hatte ich eine Wüste im Mund.

Und ich dachte, Sonja ist doch mit der Sonne verwandt! Und das war das Peinlichste, was ich seit zehn Jahren gedacht hatte. Aber ich dachte es gleich noch mal und gleich noch mal.

Wahrscheinlich zitterte ich am ganzen Körper. Sicher war ich mir nicht. Was daher kam, dass der glänzende Holzboden in der Küche nach unten wegkippte und ich in die Tiefe fiel, tiefer und tiefer, schneller und schneller, alles war extrem dunkel um mich und gleichzeitig extrem hell. Durch die offene Balkontür schien eine Mordssonne herein und unter mir war's finster, superfinster und kalt. Was nichts damit zu tun hatte, dass mein Kopf schon dampfte vor Schweiß und ich immer noch dastand, festgeschraubt, irgendwo in einer Gegend, in der ich noch nie war.

Ich war nicht mehr nur ein Verrückter, ich war ein Haufen Verrückter, die alle zur gleichen Zeit aus der Anstalt ausgebrochen waren.

Oder ich war überhaupt niemand mehr, ich war bloß noch eine Einbildung. Und wenn jemand in die Hände klatschen würde, wäre ich weg wie ein Spuk.

Jemand klatschte in die Hände.

»Guten Tag«, sagte Sonja.

In diesem Moment fiel mir ein, dass sie von meinem

ganzen dämlichen Dastehen überhaupt nichts mitkriegte.

»Ich geh jetzt«, sagte ich schnell.

»Ich dachte, du willst duschen. Komm!«

Sie ging aus der Küche und ich hinter ihr her. Im Flur blieb sie nah an der Wand, ohne die Hand auszustrecken. Sie war jetzt barfuß. Auf dem Parkett machten ihre nackten Füße ein Geräusch, das ich freundlich fand. Ob es bisher freundliche Geräusche in der Welt gegeben hatte, wusste ich nicht, jetzt gab es jedenfalls welche.

»Reicht dir das Handtuch?«

Sie hielt mir ein fünf Quadratmeter großes weißes Handtuch hin. Auf Regalen, die in eine Nische montiert und von einem Vorhang verdeckt wurden, lagen noch mehr davon. Die Ecke hatte einen eigenen Geruch.

»Such dir ein Duschgel aus«, sagte Sonja.

Ich nahm das Handtuch.

Schweigen.

Sonja sagte: »Traust du dich nicht?«

Ich war mir ganz sicher, dass ihre Stimme anders klang als bisher. Wie anders? Ausgerechnet jetzt sagte sie nichts.

»Okay«, sagte ich.

Und dann küsste sie mich schon wieder. Auf den Mund. Ziemlich schnell. Direkt auf den Mund. Dann packte sie mich an der Schulter, drehte mich halb rum und schob mich ins Bad. Hinter mir hörte ich, wie sie die Tür schloss.

»Ich bin in meinem Zimmer, das ist nebenan«, sagte sie vom Flur.

Im Bad war es fast so hell wie in der Küche. Das Fenster stand halb offen und auf dem Fensterbrett eine Pflanze. Die Wanne sah extrem weiß aus, so wie mein Handtuch, wie das Licht. In unserem Bad zu Hause war es grau und eng, wir hatten kein Fenster und alles war voll gestellt mit Zeug. Körbe voll Wäsche, Waschpulverschachteln, ein Schrank, der praktisch zusammenbrach vor lauter Flaschen. Dosen, Päckchen, Handtücher, Föhn, Rasierapparat, Scheren, Messer, Tassen. Natürlich war auch noch das Klo da, nicht wie in Sonjas Wohnung in einem Extraraum.

Ich horchte an der Tür. Nichts zu hören. Ich zog mich aus und warf die Klamotten auf den Boden, der mit dünnen Matten ausgelegt war. Bei uns lag vor der winzigen Badewanne eine uralte Matte, ansonsten kalte, harte Fliesen.

Das kleine grüne Fläschchen mit der Aufschrift Steigenberger gefiel mir am besten. Ich kniete mich in die Wanne, ließ warmes Wasser über meinen Körper laufen und rieb mich mit dem Zeug ein. Roch irgendwie nach Obst. Nicht nach Zitrone. Vielleicht nach Aprikose. Auch meine Haare wusch ich damit und dann hielt ich die Dusche ungefähr eine halbe Stunde über meinen Kopf. Das war so extrem angenehm, dass ich die Augen zumachte und an überhaupt nichts Schlimmes dachte, an gar nichts. Ich hatte die Augen zu und das warme Wasser floss vom Kopf über meine Schultern und meine Beine und ich dachte: Vielleicht kann ich später noch mal duschen, mit demselben Zeug, genauso wie jetzt.

Bevor ich total aufgeweicht war, drehte ich den Hahn zu, hängte die Dusche in die Halterung an der Wand, stöhnte und strich mir mit der Hand übers Gesicht. Dann konnte ich endlich wieder klar sehen.

Vor mir, nah bei der geschlossenen Tür, stand Sonja und schaute mich an. Natürlich schaute sie mich nicht an, aber in dieser Sekunde war es dasselbe. So wie sie dastand, ohne Brille, ihre Augen weit geöffnet, war das für mich ein Schauen und sonst nichts. Ich kam mir angeschaut vor, komplett angeschaut, von oben bis unten. Und unten war ich erregt. Und ich stand da, nackt in der Wanne, und die Welt drehte sich verkehrt herum und ich wollte rufen: Stopp! Doch die Welt drehte sich immer schneller um den Zeigefinger zwischen meinen Beinen.

Mir war schwindlig.

Ich musste was sagen!

Sie konnte doch nichts sehen!

Wenn ich was sagte, irgendwas, würde sie auch was sagen, und dann sagten wir beide was und dann nahm ich das Handtuch und ließ kaltes Wasser laufen und alles war in Ordnung.

Nichts war in Ordnung. Und mir fiel nichts ein, was ich sagen könnte.

Und Sonja sagte: »Soll ich dich abtrocknen?«

Und ich sagte: »Nein!«

»Schrei doch nicht so!«, sagte sie.

»Ich schrei gar nicht!«, schrie ich.

Jetzt machte sie einen Schritt auf mich zu.

»Bleib stehen!«, sagte ich.

Wann war sie überhaupt reingekommen? Und wieso? Was sollte ich tun? Sie war blind, ich konnte nicht einfach zu ihr sagen: Verzieh dich, und zwar gleich! So was sagt man nicht zu einer Behinderten. Wieso eigentlich nicht? Sie hatte mich gezwungen zu duschen. Blödsinn! Was macht sie dann hier? Sie hat das alles eingefädelt. Erst soll ich mich duschen und dann … Und dann …

»Und jetzt?«, sagte sie.

»Bleib stehen«, sagte ich noch einmal.

Das total Blöde war, dass ich, je länger sie dastand, immer erregter wurde. Ich konnte es sehen. ICH konnte es sehen. Sie nicht. Wieso trocknete ich mich dann nicht einfach ab und fertig?

Mein Herz hatte wieder angefangen zu poltern.

»Du bist aber nervös«, sagte Sonja.

»Was bin ich?«

»Schrei doch nicht so.«

»Ich bin nicht nervös.«

»Ich hör dich atmen, Lukas.«

Jetzt sagte sie auch noch meinen Namen! Ich wollte weg!

»Lukas?«

Wieso hörte sie nicht damit auf? Und wieso erregte mich das so, wenn sie meinen Namen sagte? Es war, als wäre nicht ich gemeint, sondern er.

»Du brauchst keine Angst vor mir zu haben, Lukas.«

»Hab keine Angst«, sagte ich.

Dann kam sie noch näher. Sie stand direkt vor der Wanne. Sie trug dieselben Sachen wie vorher, aber für mich war es, als hätte sie überhaupt nichts an.

»Was …«, sagte ich.

Danach vergingen ein paar Sekunden und dann spürte ich eine Berührung.

Die Berührung war genau da, wo sie nicht sein sollte. Oder doch. Nein. Ihre Finger. Ich spürte ihre Finger. Wieso denn jetzt? Und ich traute mich nichts zu sagen. Weil sie blind war. Weil sie eine Behinderte war und man nett sein musste. Erst lockt sie mich her und dann macht sie mit mir rum. Was machte sie überhaupt? Ich traute mich nicht hinzusehen. Ich schaute tatsächlich an ihr vorbei zur Tür. An einem Haken hing ein weißer Morgenmantel. Alles weiß hier. Ich glotzte geradeaus und versuchte mit aller Macht, nichts zu spüren. Ihre Finger waren noch da.

»Lukas«, sagte sie wieder.

Ich wartete, dass sie noch etwas sagte.

»Hast du eine Freundin, Lukas?«

Ich sagte nichts. Ich hatte keine Freundin. Ich hatte eine gehabt, vor einem halben Jahr, die war inzwischen mit jemand anderem zusammen. Mir doch egal.

»Hast du schon mal mit einem Mädchen geschlafen?«, fragte Sonja. Wenn sie bloß endlich ihre Hand wegnehmen würde! Hoffentlich nahm sie ihre Hand nicht weg.

»Komm mit«, sagte sie.

Sie beugte sich nach links und nahm das Handtuch von dem Hocker, auf den ich es gelegt hatte.

»Warte«, sagte sie.

Dann fing sie an, mich abzutrocknen. Sie ließ keine Stelle aus. Aber sie sagte nichts. Sie trocknete einfach weiter. Zwischendurch drehte sie mich einmal um und rubbelte mir den Rücken und den Hintern ab. Sie sagte nichts dazu. Ich sagte auch nichts. Mir war immer noch schwindlig. Damit ich schneller über den Wannenrand steigen konnte, hielt sie mir die Hand hin. Ich griff nach ihrer Hand. Das war dieselbe Hand wie vorhin. Sie war warm. Jeder Finger war irgendwie warm.

»Komm«, sagte sie.

Im Flur machten meine nackten Füße die gleichen Geräusche wie ihre, genauso freundlich.

»Ist dir kalt?«, fragte Sonja, als wir nach ungefähr zwei Stunden in ihrem Zimmer ankamen.

»Spinnst du?«, sagte ich.

In einer Ecke des Zimmers stand ein Computer auf einem riesigen Holztisch, in einer anderen Ecke ein breites Bett, das nicht so aussah, als wäre es heute schon gemacht worden.

Ich schaute intensiv das Bett an. Ich wusste, dass Sonja sich hinter mir auszog, deswegen schaute ich das Bett noch intensiver an.

Und die ganze verdammte Zeit überlegte ich, wie ich es schaffte, keine Sauerei zu machen. Und je mehr ich darüber nachdachte, desto näher kam die Sauerei. Und dann hörte ich ein Atmen, direkt an meinem Ohr, und ich dachte, jetzt musst du das Richtige tun. Und ich dachte, jetzt beginnt die Zukunft. Und ich dachte, ich darf nicht versagen. Und ich dachte, jetzt steh ich hier super und sie sieht mich nicht mal.

Irgendwie landete mein Kopf als Letztes im Bett.

Merkwürdigerweise war es eng in dem riesigen Bett. Sonja hatte den Arm um mich gewickelt. Ich lag auf dem Rücken, nicht nur auf dem Rücken, auch ein wenig auf der Seite, ihr rechtes Bein lag auf meinem rechten Bein und ihr Kopf an meinem Hals, unterhalb meines Kinns, und ich musste aufpassen, noch Luft zu kriegen.

Praktisch war das nicht, so dazuliegen. Sonja war viel schwerer, als ich gedacht hatte.

Sonst passierte überhaupt nichts.

Was ich schon kapierte, war, dass ich was anderes vorgehabt hatte, vorhin, vor dem Bett, als wir ins Zimmer kamen und sie hinter mir ihre Sachen auszog. Da hatte ich was vorgehabt. Ich hatte gedacht, das ist die Chance. Aber jetzt war die Chance da und nichts passierte. Wieso bewegte Sonja sich nicht? Wieso schnupperte sie bloß dauernd an meinem Hals rum? Und ich hatte ihre Haare in den Augen.

Und obwohl nichts passierte, war ich mir total sicher, dass etwas passieren würde, wenn auch nur einer ihrer Finger mich so berührte wie im Bad. Dann würde was passieren.

Ich wollte, dass sie mich endlich berührte.

Karen hatte nur meine Hose berührt. Sie hatte so rumgetastet, wir lagen bei ihr auf dem Boden und jedes Mal, wenn ich zur Decke hochschaute, fragte sie mich, ob alles okay ist. Logisch war alles okay. Sie hatte ihr T-

Shirt und ihren kurzen Rock an, der hochgerutscht war, und ich hatte kein T-Shirt, aber meine Hose an und ich dachte, die platzt jetzt gleich. Sie machte am Gürtel rum und ich dachte, wieso zieht sie den Reißverschluss nicht auf und versenkt ihre Hand in meiner Hose? Jahrelang streichelte sie meinen Bauch, ich drehte fast durch. Dann hörten wir, wie die Wohnungstür geöffnet wurde und ihre Mutter rief: Bist du da, Schatz? Und das war das Ende. Karen sprang auf, grinste irgendwie verfehlt und riss das Fenster auf. Ich richtete meine Hose. Als Karens Mutter die Tür aufmachte, saßen wir am Tisch und fragten uns gegenseitig englische Vokabeln ab. Ich sagte, ich müsse mal auf die Toilette, und da blieb ich dann eine Weile.

»Woran denkst du?«, fragte Sonja. So leise, dass ich überlegen musste, was ich gerade gehört hatte.

»Alles okay«, sagte ich.

»Du?«, sagte sie, und ihr Mund war nah an meinem Ohr, supernah. »Ich möcht nicht mit dir schlafen, ich möcht nur so daliegen und dich festhalten. Ist das schlimm?«

Ich verstand überhaupt nichts. Wieso wollten die Mädchen immer nur so daliegen? Wieso zogen sie total kurze Röcke an oder zogen sich sogar aus und wollten dann bloß so daliegen? Und wieso musste ich das auch noch gut finden? Wieso konnte ich nicht einfach aufstehen und sagen: Nein, das ist blöde, ich bin nicht hier, um bloß dazuliegen, total nackt und so. Wieso musste ich da mitmachen? Wieso muss ich mir das gefallen lassen?

Wieso?

»Magst du mich nicht umarmen?«

»Was?«

»Bist du sauer?«

Ich schwieg. Ich wollte abhauen.

»Okay«, sagte ich und hob meine Arme und bog sie irgendwie umständlich ab, und sie landeten auf ihrem Rücken, der weich war. Unfassbar weich.

»Das gefällt mir«, sagte sie leise. Es kitzelte fast.

Dann sagten wir mehrere Jahre lang nichts.

Obwohl wir ziemlich weit weg davon waren, konnte ich durch das offene Fenster die Bäume draußen riechen. Die rochen ähnlich wie die in unserem chaotischen Garten, wonach, wusste ich nicht, und ich wollte meine Mutter auch nicht fragen, solche Sachen roch ich lieber heimlich für mich allein.

Außerdem hörte ich wieder die Enten quaken und das Hupen von Autos, einen kläffenden Hund, ein Klappern von irgendwas. Alles kam an Sonjas Kopf vorbei und ich fing gerade an mich abzuregen, als sie sagte:

»Darf ich dich anfassen?«

Ich brachte kein Wort raus. Egal, wie oft im Leben ich schon kein Wort rausgebracht hatte, verdammt oft, verdammt zu oft – jetzt, in diesem Moment, kein Wort rauszubringen, war das totale Versagen. Ich kriegte diese zwei verdammten Buchstaben nicht hin. Als wären sie gelöscht in meinem Hirn, total gelöscht. Als wäre ich der Oberbürgermeister in der Hauptstadt der Oberblödis. Darf ich dich anfassen? Wer bei so einer Frage versagt, ist ein kompletter Loser, und zwar für alle Zeit.

Mit einer komplizierten Bewegung wischte ich mir Sonjas Haare aus den Augen. Dabei musste ich meinen Kopf etwas heben. Und als ich ihn wieder aufs Kissen legte, spürte ich was.

Etwas war passiert. Etwas war so schnell passiert, dass ich es nicht mitgekriegt hatte. Falsch. Das, was ich meinte, war noch gar nicht passiert. Es war Sonjas Hand, die plötzlich kalt war, viel kälter als vorher. Und ihre kalte Hand hatte mich angefasst. Ohne dass ich was gesagt hatte. Hatte mich angefasst, die kalte Hand. Sie war nicht wirklich kalt, eher kühl. Und zwar extrem angenehm kühl. Irgendwie passend kühl, genau richtig kühl für mich. Und weil ich das sehen wollte, richtete ich mich umständlich unter Sonja auf, und weil ich mich aufrichtete, bewegte ich mich, logisch, und weil ich mich bewegte, passierte es.

Irgendein Laut kam aus meinem Mund. Kam raus und das war's.

Sonja brauchte überhaupt nichts zu machen. Ich machte was. Ich wollte das nicht. Ich wollte es vielleicht. Falsch. Ich wollte es schon, ganz sicher sogar. Aber nicht jetzt. Nicht so schnell. Nicht so. So plötzlich. Verdammt. Verdammt.

Und ich hatte rumgeschrien. Das Fenster war offen. Ich hatte gar nicht rumgeschrien, nur kurz gekeucht, und das unabsichtlich, total unabsichtlich.

Ich streckte den Kopf vor. Sonja lag schwer auf mir und ich verrenkte mir halb den Hals, um einen Blick auf meinen Bauch zu werfen. Alles nass. Und Sonjas Hand war immer noch da. Auch nass. Schien ihr nichts auszumachen. Sie küsste mich auf die Stirn. Ihre Hand war kühl, ihr Mund war heiß. Mehr kriegte ich im Augenblick nicht mit.

Und dann fiel mir wieder ein, dass sie blind war. Das vergaß ich zwischendurch immer wieder. Sie konnte nicht sehen, was passiert war. War das gut oder war das blöd?

Was bedeutete das? Musste ich ihr sagen, was passiert war? Nein. Oder?

»Du bist schnell«, sagte sie.

Ich erschrak.

»Du musst dich aber nicht genieren«, sagte sie.

Ich war viel zu erschrocken, um mich zu genieren.

16

Sie war blind und ich nicht, also musste ich aufstehen und Tempos besorgen. Aber das war nicht möglich. Sie hielt mich fest. Sie lag auf mir drauf, ihre nasse Hand auf meinem Oberschenkel.

Und außerdem war ich brutal müde. So müde war ich überhaupt noch nie in meinem Leben gewesen. Würd ich die Augen eine Mikrosekunde zumachen, würd ich sofort einschlafen. Also versuchte ich sie offen zu halten, glotzte an die Decke, als würde da oben *Terminator II* laufen.

Und es war heiß. Ich schwitzte überall. Und Sonja schwitzte auch, ihr Schweiß tropfte mir ins Gesicht, was sie nicht zu bemerken schien.

Sie atmete leicht. Vielleicht war sie eingeschlafen. Vielleicht hatte sie überhaupt nichts mitgekriegt. So wie ich. Jetzt musste ich was sagen, dieses Schweigen hielt ich nicht länger aus.

»Du?«, sagte ich. Die zwei Buchstaben klappten gerade noch. Dann versickerte irgendwie meine Spucke.

»Danke«, sagte sie.

Ich war mir nicht sicher, ob sie tatsächlich Danke gesagt hatte. Ich wollte sie fragen.

Ich sagte: …

»Das ist schön, mal wieder mit einem Jungen so dazuliegen, so zusammen. Und mit dir ist es besonders schön. Weil ... du riechst so gut.«

»Ist ja von dir!«, schoss es mir aus dem Mund.

»Nein, das bist du.« Sie bewegte ihren Kopf an meinem Kinn. »Ich muss dir was verraten ... da im Wasser, als ich dich rausgezogen hab ... das war aufregend, als du dich an mich geklammert hast, ich hab mir nämlich gewünscht, dass du mich nicht loslässt, dass du mich weiter festhältst, auch als wir schon aus dem Schwimmbecken raus waren. Du fühlst dich toll an, Lukas.«

Verdammt, mir waren die Augen zugefallen. Ich riss sie auf und wusste nicht, was ich alles verpasst hatte. Wie ein Superblödi auf Dope glotzte ich an die Decke.

»Wahrscheinlich denkst du dir jetzt, ich hab das nötig, weil ich blind bin. Ich hab das nötig, dass ich mir einen Jungen in die Wohnung hol, weil mich sonst keiner will, weil ich behindert bin. Das ist nicht wahr, Lukas, so was darfst du nicht denken ...«

So was dachte ich nicht. Jedenfalls nicht absichtlich. Ich dachte, wenn ich nicht bald was zu trinken krieg, sterb ich.

»Ich weiß immer noch nicht, warum ich ins Wasser gesprungen bin, um dich zu retten. Ich weiß nicht mal, ob du wirklich ertrunken wärst. Oder ob dich nicht jemand anderes rausgezogen hätte. Ganz bestimmt sogar. Nicht die Bademeisterin, die war woanders, aber jemand in der Nähe. Aber als Vanessa sagte, mit dir stimmt was nicht, du tauchst dauernd unter und streckst die Arme hoch, bin ich einfach losgesprungen. Ich hab dich rufen hören und dann hab ich dich festgehalten. Und du mich.«

Sie bewegte sich wieder, rutschte nach unten, ein paar Millimeter, und ihre andere Hand landete plötzlich auf meinem Kopf, wühlte in meinen Haaren. Das war ein elektrisches Gefühl.

»Ich wollte dich wiedersehen. Deswegen hab ich dir meine Nummer aufgeschrieben. Und du bist erst vierzehn!«

Das war ein extremer Übergang.

Ich sagte: »Ich …« Erst musste ich Luft holen. »Na und?«

»Vor drei Jahren hab ich meinen ersten Roman gelesen. In Blindenschrift. Ich hab lang gebraucht, bis ich das konnte. Nach dem Unfall dachte ich: Das war's dann, jetzt lebst du in der Dunkelheit bis zu deinem Tod …«

Was für ein Unfall, wollte ich fragen, aber sie redete weiter, und das war mir auch lieber. Manchmal schwammen Finger über meinen Kopf.

»… Aber dann traf ich eine junge Frau, Maria, in der Klinik, die war von Geburt an sehbehindert und mit sechzehn ist sie dann ganz erblindet. Inzwischen war sie fünfundzwanzig, sie hat einen festen Job in einem Büro, sie verdient gut Geld und ihre Kollegen schätzen sie, niemand macht sich über sie lustig oder bemitleidet sie. Sie ist sehr selbstbewusst. Und Maria hat zu mir gesagt, die meisten Menschen bewerten ihr Gegenüber nach dem Aussehen, welche Figur jemand hat, was er trägt, wie er sich bewegt, wie er lacht und so weiter, und danach treffen diese Menschen dann ihre Auswahl. Ob sie mit dem oder dem zusammen sein wollen, ob sie überhaupt mit ihm sprechen wollen. Mit den Augen, sagt Maria, gehen wir auf Distanz. Und das stimmt. In Wirklichkeit dienen uns die Augen nicht dazu, uns näher zu kommen, sondern uns rechtzeitig abzuschotten. Bevor wir noch wissen, wer der andere ist, wer er wirklich ist, verstehst du, wir bilden uns ein, dass das, was wir mit den Augen sehen, der Wahrheit entspricht, und das ist eine Lüge, damit betrügen wir uns. Wir sortieren aus und denken, wir machen alles richtig.«

Sie hob den Kopf und schaute mir in die Augen. Ich hätte schwören können, dass sie mich anschaute, ich hätte denken können: Sie hat blaue Augen, die mich jetzt beobachten.

»Ich weiß nicht, wer du bist«, sagte sie, und ihre Augen waren immer noch auf mich gerichtet. Und ich konnte einfach keinen Unterschied zwischen ihren und normalen Augen feststellen. »Aber weil ich dich nicht sehen kann, weiß ich, wie du bist. Wer weiß, ob wir jetzt hier wären, wenn ich dich sehen könnte.«

»Wieso?«, fragte ich.

Sie lächelte. Und klopfte mir mit der flachen Hand auf den Kopf.

»Vielleicht hätte ich gedacht, dieser rothaarige Spinner, der ist mir zu langweilig.«

»Wieso hättst du das gedacht?«

»Ich weiß es nicht. Aber wenn man jemanden nur sieht, kann man sich vieles denken.«

»Ja«, sagte ich. Ich musste an meinen Vater denken, wie er über die Leute redete, die zu ihm ins Taxi stiegen. Er wusste nichts von ihnen, er sah sie nur, meistens sogar nur im Rückspiegel, weil er sich nicht dazu herabließ, sich umzudrehen. Er hatte keine Ahnung und das stand hundertprozentig fest. Er war der klassische Glotzer und Besserwisser.

»Durch Maria hab ich es geschafft, mich mit der Dunkelheit zu versöhnen. Und ich hab angefangen, Bücher zu lesen. Ich hab mir einen Scanner gekauft, mit dem kann ich Bücher in meinen Computer eingeben und der druckt sie in Blindenschrift aus. Dein Buch kann ich auch eingeben, wenn du möchtest.«

»Ich kann's ja so lesen«, sagte ich.

Sie klopfte mir auf den Kopf. »Dann erzähl mir, wovon handelt dein Buch?«

»Von zwei Pennern«, sagte ich.

»Aha.«

»Eigentlich von vier Pennern.«

»Und was machen die?«

»Die warten auf jemanden.«

»Auf einen fünften Penner?«

»Weiß nicht, was der von Beruf ist.«

Sie fragte: »Warum liest du so was? Ist doch deprimierend.«

»Für mich nicht«, sagte ich.

Sie zog die Stirn in Falten, grübelte über irgendwas nach und nahm die Papierknäuel weg, die auf meinem Bauch lagen. Als sie vorhin die Tempos holte, hatte sie sich ein T-Shirt angezogen, das ihr fast bis zu den Knien reichte. Jetzt schob sie es hoch und kratzte sich am Bauch.

Sie verschwand in der Toilette, während ich im Bett liegen blieb. Dann stand ich auf und schaute mir den Computer an, der genauso aussah wie die in unserer Schule. Auf dem Schreibtisch, der garantiert fünf Meter breit und sieben Meter lang war, lagen dicke Leitz-Ordner, dicke Bücher, dicke Hefte. Ein Ordner war aufgeschlagen. Vorsichtig fuhr ich mit dem Zeigefinger über die merkwürdigen Zeichen. Ich kapierte nichts. Daneben lag ein Faltblatt, ein Kinoprogramm. Ein Film, den ich nicht kannte, war mit einem blauen Stift eingekreist.

Zwischen zwei bunten Behältern mit tausend Stiften stand ein gerahmtes Foto, das zwei Erwachsene und ein Mädchen zeigte, das vielleicht acht war. Alle sahen ziemlich freundlich aus.

»Ich hab Hunger.«

Verdammte Erschreckungen andauernd!

Sonja hatte eine schwarze Jeans und eine weiße Bluse angezogen. Vielleicht gab es in dieser Wohnung einen Weißzwang.

»Was ist?«, sagte sie.

»Nichts«, sagte ich. »Sind das auf dem Bild deine Eltern?«

»Ja«, sagte sie. Und schaute mich an. Natürlich schaute sie mich nicht an. Aber sie hatte sich was angezogen und ich war immer noch nackt und irgendwie nass und deswegen kam ich mir extrem angeschaut vor.

»Ich zieh mich an«, sagte ich.

Plötzlich strich sie mir mit der Hand über die Brust. Rauf, zur Seite, runter, und das war nicht gut, das war nicht gut, das war gefährlich, ziemlich gefährlich.

Ohne was zu sagen, ging ich an ihr vorbei. Im Bad sperrte ich die Tür hinter mir zu. Bevor ich mich anzog, duschte ich ein zweites Mal. Zweimal am Tag duschen, noch dazu so kurz hintereinander, hätte bei meinem Vater einen Anfall ausgelöst. Der war der Meinung, sich mehr als einmal pro Tag zu waschen, ist Energieverschwendung und Geldverschwendung und Zeitverschwendung. In seinem Kopf war jedenfalls kein Hirn verschwendet worden.

Nachdem ich fertig war, wartete ich an der geschlossenen Tür. Ich musste mir über bestimmte Dinge klar werden, total klar. Zum Beispiel darüber, was jetzt zwischen mir und Sonja los war. Und was überhaupt los war. Auch wenn sie blind war, war sie nicht taub, und außerdem hatte sie eine Nase, die funktionierte. Und Hände, die alles mitkriegten. Was dachte sie über das, was im Bett passiert war? Sie hatte gesagt, sie wolle nicht mit mir schlafen, bloß daliegen, das hatte Karen auch gesagt. Aber später hatte die ihrer Freundin Elsa erzählt, ich hätte mich nicht getraut, die feige Schnepfe, die hatte doch Schiss vor ihrer Mutter gehabt, ich nicht. Wichtig war, was Sonja dachte. Und ich? Was dachte ich?

Super war das nicht gewesen. Aber unvermeidlich, extrem unvermeidlich.

War ich jetzt mit Sonja zusammen oder was? Sie sagte, ich hätte ihr gleich gefallen im Bad, im Wasser, als ich sie umarmt hatte. Umarmt! Immer noch war mir ein Rätsel, was da wirklich geschehen war. Spielte wahrscheinlich keine Rolle mehr. Spielte ganz sicher keine Rolle mehr.

Jetzt war ich hier, in ihrer Wohnung, in ihrem Bad, in ihrem Bett. Und zwar nackt, und ich hatte einen Höhepunkt gekriegt, in ihren Händen.

Jetzt war ich mit einem blinden Mädchen zusammen. Das drei Jahre älter war als ich. Was bedeutete das? Verdammt, ich hatte schon wieder Herzklopfen. Ein blindes älteres Mädchen, das ganz anders lebte als ich. Macht doch nichts.

Ich stand an der Tür des Badezimmers und redete mit dem weißen Morgenmantel. Meine Schuhe waren immer noch schmutzig, fiel mir auf. Wer hätte sie auch in der Zwischenzeit putzen sollen? In meinem Kopf hechteten die Gedanken kreuz und quer durcheinander.

Was war jetzt? Mein Herz klopfte. Wenn ich Rico von Sonja erzählte, würde er blöde Bemerkungen machen. Darauf konnte ich verzichten. Aber er würde mich löchern, was ich in den Ferien getrieben hätte und was ich damals in der Früh auf dem Marienplatz gewollt hatte. Damals. Gestern war das.

Und heute? Verdammt, warum hatte ich mit Karen nicht richtig geschlafen? Dann hätte ich jetzt eine Erfahrung. Wieso war ihre blöde Mutter nach Hause gekommen? Wahrscheinlich hätte es sowieso nicht geklappt mit der verklemmten Schnepfe. Aber besser wär es gewesen, für mich. Für jetzt.

Ich hätte mich zusammenreißen müssen. Ich hatte ihr Bett versaut. Es war genau das passiert, was total nicht hätte passieren dürfen.

Einmal hatte ich vergessen, es wegzuwischen, bei uns zu Hause auf der Toilette, vor zwei Jahren. Meine Mutter sagte, ich solle das sein lassen. Ich sagte nichts. Mein Vater sagte auch nichts. Über diese Dinge redete er nicht, wie über die meisten anderen Dinge auch. Einige Monate später redete meine Mutter darüber. Sie zeigte mir Fotos in einem Buch. Die Fotos hatte ich schon gesehen, bei Rico, er hat lauter solche Bücher. Meine Mutter sagte, ich solle mir von einem Freund erklären lassen, wie man Kondome benutzt. Ich sagte ihr, eine Ärztin vom Gesundheitsamt habe uns das an Gummipimmeln vorgeführt, ich wüsste schon, wie es funktioniert.

Mit Karen hatte ich es nicht ausprobiert.

Und mit Sonja war es zu spät dazu.

Wieso zu spät?

Wir waren jetzt zusammen. Ich könnte welche holen. Ich musste mir welche besorgen, ohne dass sie es merkte. Dann hätte ich beim nächsten Mal welche.

Wahrscheinlich stand ich jetzt schon eine Stunde hinter der Tür.

Ich musste eine Entscheidung treffen. Was für eine Entscheidung? Es war doch alles entschieden. Oder nicht? Doch. Wir waren jetzt zusammen, was sonst?

Nach allem, was passiert war.

Okay. Sie war blind und drei Jahre älter als ich. Das ging niemanden was an. Erst mal. Sie war okay. Und sie sah gut aus. Sie hat eine Superfigur. Drei Jahre älter und blind, mir doch egal. Auf Ricos Kommentare konnte ich komplett verzichten. Hand in Hand wollte ich mit ihr durch die Stadt gehen, und wenn uns irgendein Kollege meines Vaters sah, würde ich direkt an ihm vorbeischauen. Hoffentlich lief uns Butz Forster über den Weg, dieser Turboblödi. Der wäre genau der Richtige.

Plötzlich hämmerte es an der Tür. Ich machte erst mal einen Schritt zurück.

»Wo bleibst du denn?«, rief Sonja. »Wir gehen essen. Ich lad dich ein.«

Hunger hatte ich auch.

Ich sperrte die Tür auf und meine Hand zitterte, verdammt.

Und als wir am Ende des elf Kilometer langen Flurs die Wohnung verließen, hatte ich elektrische Schmetterlinge im Bauch.

17

Auf der Straße nahm sie meine Hand.

»He!«, sagte ich.

»Genierst du dich?«

»Wieso denn?«

»Dann komm!«

So war das nicht geplant von mir. Ich wollte mich nicht an der Hand nehmen lassen. Ich wollte, dass sie sich von mir führen ließ.

»Wo gehen wir überhaupt hin?«, fragte ich.

»Nicht weit«, sagte sie.

War ich ein verdammter Hund, der Gassi gehen musste? Gegen ihren Griff war ich machtlos, total wehrlos. Sie ging an der Seite zu den Häusern, bewegte ihren Stock von links nach rechts, ziemlich schnell, ich musste mich beeilen. Sie hatte fast längere Beine als ich. Was wahrscheinlich daher kam, dass sie fast größer war als ich.

Sie war fast einen Kopf größer als ich.

Sie hatte wieder ihre Brille auf und ich hätte auch eine vertragen können, bei dem irren Licht, das überall war.

»Was machst du bei einer Baustelle?«, fragte ich.

Ruckartig blieb sie stehen.

»Dann bleib ich stehen«, sagte sie abrupt.

»Woher weißt du, dass da eine Baustelle ist?«

»Das hör ich doch! Oder ich riech, wenn sie Bunsenbrenner und so Zeug benutzen. Oder ein Arbeiter ruft mir was zu, das machen die meistens.«

»Und wenn nicht?«

»Dann muss ich selber aufpassen.«

Sie startete wieder. Ihre Hand umklammerte meine, irgendwie ging sie einen Schritt vor mir. Was mir überhaupt nicht passte.

»Ich muss dich was fragen«, sagte ich.

»Beim Essen. Komm!«

Wir bogen in eine Querstraße ein. Alte renovierte Häuser standen hier. Ich konnte in die Wohnungen im Erdgeschoss sehen, riesige Räume, wenig Möbel, wie bei Sonja und total anders als bei uns.

»Entschuldigung«, sagte plötzlich eine Frau hinter uns.

Wir blieben stehen und drehten uns um.

Die Frau trug ein hellblaues Kostüm und hatte einen Aktenkoffer in der Hand.

»Ich such die Römerstraße«, sagte sie.

»Da sind Sie hier verkehrt«, sagte Sonja.

Die Frau starrte sie an.

»Sie müssen umkehren, links in die Ainmillerstraße und dann immer geradeaus, dann stoßen Sie direkt drauf.«

»Danke«, sagte die Frau zu mir, »vielen Dank.« Sie ging in die Richtung zurück, aus der sie gekommen war.

»Sie hat sich bei mir bedankt«, sagte ich.

»Das machen sie fast alle«, sagte Sonja.

»Sie denken, du merkst es nicht.«

»Ich merk es aber.«

»Wie denn?«

»Ich kann die Richtung orten, in die jemand spricht. Ich weiß, ob ich gemeint bin.«

»Das könnt ich nicht.«

»Du würdest es lernen«, sagte sie.

»Glaub ich nicht.«

»Bestimmt«, sagte sie. »Mach die Augen zu.«

»Hab ich schon versucht. Deswegen bin ich die U-Bahn-Treppe runtergefallen.«

»Das ist also der Grund.«

Ich schwieg. Sie zog mich weiter. Vor der breiten Franz-Joseph-Straße blieb sie wieder stehen.

»Mach die Augen zu«, sagte sie.

»Was?«

»Tu so, als wärst du blind.«

»Wieso denn?«

»Hast du keine Sonnenbrille dabei?«

»Hab ich vergessen.«

Mein Vater hatte ein fettes Telefonbuch draufgeknallt, aus Versehen, behauptete er. Glaubte ich nicht. Er mochte meine schwarze Ray-Ban nicht, die ich in einem Café bei der Schule billig gekauft hatte. So eine Brille hatte vorher niemand bei uns in der Klasse gehabt. Dank meines Vaters war es jetzt wieder so wie früher. Eine neue Brille konnte ich mir nicht leisten. Meine Mutter sagte, Sonne ist gesund für die Augen, wenn man nicht direkt reinglotzt.

»Dann mach die Augen halb zu«, sagte Sonja.

Ich machte meine Augen nur deswegen halb zu, weil ich endlich was essen wollte.

»Geh noch ein paar Meter!«

Wir gingen noch ein paar Meter.

»Stopp!«

Also standen wir da. Hand in Hand. Ich wollte was sagen, aber sie machte: Pss, und ich schwieg. Mit halb offenen Augen. Ich musste blinzeln.

Leute gingen an uns vorbei. Ich hörte, wie Sonja mit dem Stock auf den Boden klopfte, als suche sie was.

Ewig Zeit verging.

Autos fuhren vorüber, Fahrradfahrer, die uns fast streiften, weil wir am Rand des Bürgersteigs standen, an der weißen Linie, die den Radweg vom Gehweg trennte.

Noch mehr Zeit verging.

Dann sagte Sonja: »Siehst du?«

Ich sah nichts. Und das nur zur Hälfte.

»Niemand hilft uns über die Straße.«

Auf fünfhundert Meter waren wir als Blinde zu erkennen, so wie wir dastanden, mit dem weißen Stock, Hand in Hand, total nah an der Straße. Jeder Blödi hätte merken müssen, dass wir über die Straße wollten, und kein Einziger hatte was unternommen.

»Das ist normal«, sagte Sonja. »Jetzt bist du dran.«

Ich wollte gerade losgehen, da hielt Sonja mich zurück.

»Was?«, sagte ich.

»Erst richtig schauen!«

»Hab ich doch.«

»Hast du nicht.«

Ja. Ja.

Ich schaute, dann überquerten wir die Straße.

»Ich hab schon mal eine halbe Stunde warten müssen, bis mich jemand rübergeführt hat«, sagte sie.

»Jetzt nicht mehr«, sagte ich.

Sie drehte mir den Kopf zu. Ihr Gesicht war eigenartig ernst.

Auf der Terrasse des Restaurants Adria setzten wir uns an einen Tisch in der Ecke, nah an der Hecke zum Bürgersteig. Dahinter führte die Treppe zur U3 hinunter. Die Treppe, wegen der ich so aussah, wie ich aussah. Kleine Stadt. Vielleicht stimmte das, was mein Vater sagte: dass diese Stadt einfach zu übersichtlich war, um als Taxifahrer Umsatz zu machen.

Falsch. Das lag nicht an der Stadt. Das lag an ihm. Zu ihm stiegen alle Gäste nur ein einziges Mal ein.

»Woran denkst du?«, fragte Sonja.

»Ich war heut Nacht schon mal hier.«

»In dem Lokal?«

»Nein, ich hab mir Pizza am Stand gekauft.«

»War sie gut?«

»Hab ich vergessen.«

Das war die Wahrheit.

Der Kellner brachte zwei Speisekarten.

»Ist Susi da?«, fragte Sonja.

»Nein«, sagte der Kellner, »die hat heut frei.«

»Donnerstag!«, sagte Sonja.

»Was möchtest du trinken?« Der Kellner sah mich an.

»Cola«, sagte ich.

»Und deine Begleiterin?«

Wir schauten uns an. Ich schwieg. Stundenlang. Dann sagte ich: »Fragen Sie sie.«

Es sah aus, als hätte er extreme Probleme, seine Augen zu bewegen. Endlich schaffte er es. Fragte sie aber nicht.

Auf der dreispurigen Leopoldstraße herrschte totaler Verkehr, tausend Touristen wanderten auf und ab, ewiges Klingeln von Fahrrädern, superviel los.

Nur an unserem Tisch war es total still. Drei wortlose Leute.

Sonja hatte die Speisekarte aufgeschlagen, ein hochformatiges Teil. Man hätte meinen können, sie würde drin lesen. Ihr weißer Stock hing an ihrem Stuhl.

»Bestell eine Flasche Wasser«, sagte Sonja. Ich sah sie an und sie hob den Kopf. »Keine Cola. Wir trinken Wein. Sag dem Kellner, seine Kollegin Susi verwahrt für mich immer eine Flasche Weißwein, da steht mein Name drauf. Die Flasche soll er uns bringen.«

Ich schaute zum Kellner hoch. Der starrte Sonja an, als wäre sie der Blödi von uns dreien. »Bringen Sie uns bitte die Flasche, auf der ›Sonja‹ steht, und eine Flasche Wasser.«

Der Kellner verschwand.

»Ich nehm einen Meeresfrüchtesalat«, sagte Sonja. »Und du?«

»Muss schauen«, sagte ich.

»Das kannst du ja!«, sagte sie.

Ihre Stimme hatte wieder einen merkwürdigen Ton, der vorher nicht drin gewesen war.

»Ist was?«, fragte ich.

Sie schüttelte den Kopf. Brutal kurz.

Ich las die Karte. Mein Bauch knurrte. Ich suchte mir eine Pizza aus. Der Kellner kam zurück und stellte das Tablett auf dem Tisch ab. Er goss Mineralwasser in zwei Gläser und hielt Sonja die Weinflasche hin.

»Sie ist blind«, sagte ich.

»Entschuldigung«, sagte er. Irgendwie wirkte er genervt und verunsichert zugleich. Er hielt mir die Flasche hin. Keine Ahnung, was das sollte.

»Wenn der Zettel mit meinem Namen draufklebt, schenken Sie bitte ein«, sagte Sonja.

Auf dem Flaschenhals klebte ein gelber Zettel mit dem Namen Sonja.

Der Kellner goss den Wein in zwei Gläser.

»Was zu essen?«, fragte er mich.

»Pizza Regina«, sagte ich.

»Und du?«, sagte er, an Sonja gewandt.

Sie bestellte ihren Salat.

Als der Kellner weg war, sagte sie: »Der Wein kommt aus dem Friaul. Weißt du, wo das ist?«

Ich schüttelte den Kopf. Dann sagte ich schnell: »Nein.«

»In Norditalien. Warst du schon mal in Italien?«

»Nur am Gardasee.«

Das war, als mein Vater unbedingt surfen lernen wollte, aber nach der ersten Stunde vom Surflehrer nach Hause geschickt worden war, weil der die Besserwisserei meines Vaters nicht ertrug. Wenn es kosmisch möglich wäre, würde ich mir diese Ferien aus dem Gedächtnis kratzen, verdammt.

»Das ist eigentlich ein einfacher Wein«, sagte Sonja. »Aber für mich schmeckt er ganz besonders. Probier ihn.«

Sie hob ihr Glas. Ich hob mein Glas.

»Riech dran.«

Ich steckte meine Nase ins Glas.

»Was riechst du?«, fragte sie.

Nichts, sagte ich nicht.

»Hm«, sagte ich.

»Gib dir Mühe«, sagte sie.

Ich saß da, meine Nase im Weinglas, und schwitzte.

»Dann nimm einen Probeschluck.«

»Was für einen Probeschluck?«, sagte ich ins Glas.

»Probier den Wein, nur einen Schluck.«

Ich hatte nicht vorgehabt, das Glas auf einen Sitz runterzukippen. Ich war nicht mein Vater.

Ich nahm einen Schluck in den Mund, das war's.

»Und?«, sagte Sonja. »Was schmeckst du?«

Ich verstand nicht, was sie meinte.

»Weiß nicht genau.«

»Hast du schon runtergeschluckt?«

»Klar«, sagte ich. Ein Schluck heißt Schluck, weil man ihn schluckt, oder nicht?

»Noch mal«, sagte sie.

Ich kippte noch einen Schluck in den Mund.

»Du musst ihn schmecken, du musst die Aromastoffe des Weins gut verteilen, du darfst ruhig schmatzen.«

Ich schmatzte. Und die Hälfte tropfte auf mein T-Shirt.

»Scheiße.«

»Was ist?«

»Nichts«, sagte ich.

»Jeder Wein hat eine Persönlichkeit, ein spezielles Aroma, und wenn du jeden Schluck kaust, so als ob du was essen würdest, kannst du beurteilen, welche Qualität der Wein hat. Genauso ist es mit der Nase, du riechst die Duftnote des Weins, wie eine Blume, verstehst du? Also, wonach schmeckt dieser Wein?«

Wovon redete sie? War sie schon betrunken? Wollte sie mich verarschen? Ich hatte Durst, ich wollte was trinken und nicht meinen Mund spülen.

Da fiel mir ein, dass ich vergessen hatte, mir die Zähne zu putzen. Sonja hatte nichts gesagt, anscheinend hatte es sie nicht gestört.

Keine Mikrosekunde länger konnte ich den Wein im Mund behalten. Dauernd tropfte was raus. Außerdem schmeckte er merkwürdig. Also schluckte ich ihn runter.

Sonja schob ihre Kiefer hin und her, verzog ihr Gesicht, das sie mir zugewandt hatte, und ihre Grimassen sahen ziemlich spastisch aus. Ich sah ihr zu, wie sie runterschluckte und dann enorm schmatzte. Sie spitzte die Lippen, stieß eine Art Pfeifen aus, sog die Luft ein, was auch wie ein Pfeifen klang, und nickte.

»Ich liebe diesen Wein«, sagte sie.

So einen Satz hatte ich noch nie gehört.

Ich liebe diesen Wein. Auch den Satz *Ich liebe dieses*

Bier hatte ich noch nie gehört. Ich liebe diesen Wein. Würde mein Vater so einen Satz sagen, würd ich sofort denken: Jetzt ist er reif, jetzt kommt er in die Klapse.

»Sag mir, was du schmeckst, Lukas«, sagte Sonja.

Mir doch egal, sagte ich nicht.

Weil ich nicht wusste, was ich tun sollte, schloss ich die Augen und überlegte, nach was es in meinem Mund schmeckte. Ich leckte mir sogar die Lippen. Ich zermarterte mir das Hirn.

Schließlich machte ich die Augen auf und sagte Sonja ins Gesicht: »Irgendwie nach Zitrone. Vielleicht. Irgendwie. Ich kenn mich nicht aus. Ich trink nie Wein. Vielleicht nach Zitrone.«

Und Sonja beugte sich näher zu mir und sagte: »Das stimmt, Lukas! Das stimmt! Das hast du toll geschmeckt! Das hat noch nie einer beim ersten Mal gesagt. Du bist der Erste, der das gemerkt hat! Ich gratuliere dir!«

Ich saß da und hatte null Ahnung, was sie meinte.

18

Dann kam unser Essen.

Aber wir fingen nicht an.

Obwohl der Kellner, der zwar ein Blödi war, aber ansonsten seinen Job auch nicht schlechter machte als die anderen Kellner, die ich so kannte, den Glasbehälter mit Essig und Öl auf den Tisch gestellt hatte, verlangte Sonja was anderes. Eigentlich dasselbe, bloß eine andere Marke, eine, die in Flaschen abgefüllt war und nicht offen serviert wurde.

Ziemlich umständlich goss sie das Öl über den Salat, auf dem ihre Meeresfrüchte lagen, und dann einen Schluck aus der braunen Essigflasche dazu. Einen extrem winzigen Schluck. Salz nahm sie keins, dafür Pfeffer aus der großen Mühle, die sie extra bestellt hatte.

Ich pfefferte meine Pizza aus dem kleinen Glasstreuer, der sowieso auf dem Tisch stand.

Dann nahm ich das Besteck und wollte loslegen. Aber Sonja hob wieder ihr Weinglas und erzählte was von Säure und Gerbstoffen und Frucht und Farbe und ich fragte mich die ganze Zeit, mit wem sie redete.

»Ich möcht eine Ausbildung als Hotelfachfrau machen«, sagte sie plötzlich. »Später werde ich Sommelière.«

Sie hob das Glas in meine Richtung. Diese Geste war

irgendwie wunderbar. Ihr braun gebrannter Arm, das Glas, das ziemlich funkelte, auch wenn es nicht gerade teuer aussah, Sonjas Gesichtsausdruck dazu, der überhaupt keinen Lärm verbreitete.

Ich kenne Gesichter, in die schau ich und denk, die machen Krach wie Lautsprecher, auch wenn sie vielleicht gar nicht sprechen. Die machen immer Krach, die strahlen Krach ab, der Mund, die Nase, die Augen, sogar die Ohren, und wenn ich weg bin, ist es plötzlich still.

Bei Sonja war es das Gegenteil. In Sonjas Gesicht war es still. Was nicht langweilig bedeutete. Es war still. Und man hatte Angst, zu nahe zu kommen und zu stören.

Das war das, was ich sah. Und ich wollte es ihr auch sagen, aber sie war schneller.

»Wenn ich so einen Wein wie diesen trinke«, sagte sie, und ihre Stimme war leiser geworden und ich dachte, das muss so sein wegen dem Gesicht, »dann kommt es mir vor, als würde er nach Licht schmecken. Als wär der Wein Licht, das man trinken kann.«

Wahrscheinlich starrte ich sie bloß an.

Ich hörte, wie sie sagte: »Zum Wohl, Lukas, und guten Appetit.« Und ich starrte sie an, als sie schon aß und sich mit der Serviette den Mund abwischte und einen Schluck Wein trank und mir den Kopf zuwandte.

Auch als ich es endlich schaffte, mir ein Stück Pizza in den Mund zu schieben, starrte ich weiter vor mich hin. Ich starrte die verbrannten Pilze an, die schwarzen Oliven, den fetten Schinken, den labbrigen Käse, ich aß und schmeckte nichts.

Wenn Sonja Licht schmeckte, dann schmeckte ich die totale Finsternis.

Was eine Sommelière war, wusste ich nicht.

Dass Wein sauer sein konnte, hatte ich schon gehört, schon öfter. Manchmal kaufte meine Mutter sauren Wein im Supermarkt, jedenfalls behauptete mein Vater dann: Der Wein ist sauer. Er musste es ja wissen, er war der Supersommelière.

Ich hätte schon gern gewusst, wieso Sonja nichts mehr sagte. Oder hatte sie etwas gesagt und ich hatte es nicht gehört?

Und weil mir plötzlich egal war, was sie dazu sagen würde, trank ich mein Glas in einem Zug aus. Kaum hatte ich es wieder hingestellt, sagte sie: »Möchtest du noch ein Glas?«

»Ja«, sagte ich.

Sie griff nach der Flasche. Was sollte ich tun? Ich nahm das Glas in die eine Hand und fasste mit der anderen nach ihrem Handgelenk. Sie reagierte nicht. Ich dirigierte ihre Hand mit der Flasche über mein Glas. Es klappte. Mein Glas war ziemlich voll. Sonja aß weiter.

»Willst du ein Lokal aufmachen?«, fragte ich. Ich musste irgendwas fragen, sonst würde ich noch durchdrehen vor lauter Stillsein.

»Vielleicht«, sagte sie. »Ich fände es aber auch schön, in einem großen Hotel zu arbeiten. In einem, wo gute Weine serviert werden, interessante Weine.«

»Weine, die nach Licht schmecken«, sagte ich.

Sie sagte nichts.

Ich wollte sie nicht kränken. Dann fiel mir was ein.

»Mein Großvater ist Kellner«, sagte ich. »Zu einem eignen Lokal hat er es nicht gebracht, aber er hat oft davon gesprochen, früher. Und er hat immer gesagt, wenn ich mal ein Lokal aufmach, dann kommen mir keine Gäste rein. Was sagst du dazu? Das hat er immer gesagt und er war gern Kellner und ein guter auch. Wenn ich mal ein Lokal aufmach, dann kommen mir keine Gäste rein. Das hab ich mir gemerkt.«

»Lustig«, sagte Sonja.

Es war, als würde schlagartig die Sonne untergehen. Als wäre um mich herum ein einziger Sonnenuntergang und ich ging mit unter.

»Wollen wir dann zahlen?«, sagte Sonja.

Erschrocken trank ich das Glas leer. Auf einen Zug. Und ich hoffte, sie würde es nicht bemerken. Aber ich hoffte auch, sie würde es bemerken. Ich war total am Ende. Und der Wein brachte meinen Kopf total durcheinander, brachte überhaupt alles durcheinander. Was passierte jetzt? Was genau muss ich jetzt tun, damit es so wird wie vorher?

»Wir zahlen!«, sagte Sonja zum Kellner. Er räumte unsere Teller ab, auf meinem lag noch die halbe Pizza. Sonja hatte aufgegessen. Was hatte ich die ganze Zeit gemacht? Wie spät war es? Hab ich einen Riss im Hirn?

»Bist du sauer?«, fragte ich.

»Bitte?«, sagte sie.

Noch nie hatte sie bis jetzt ein einziges Mal »bitte« gesagt.

Der Kellner legte mir die Rechnung hin. Und zum ersten Mal sah ich, wie Sonja mit der Hand nach etwas tastete. Zum ersten Mal schien sie unsicher zu sein, ausgerechnet an einem Ort, an dem sie überhaupt nicht unsicher sein müsste. Es war nur ein Tisch und ich war da und der Kellner war da.

»Wie viel?«, fragte sie.

Ich sagte ihr den Preis. Und: »Ich kann auch bezahlen!«

Aus ihrer Ledertasche, die sie um den Bauch gebunden hatte, holte sie einen Geldschein und der Kellner drückte ihr das Wechselgeld in die Hand.

»Schönen Tag noch«, sagte er.

»Ihnen auch«, sagte Sonja.

Ich sagte nichts.

Der Kellner stellte die Flasche und die Gläser auf ein Tablett.

»Ich sag Susi einen Gruß von dir.«

»Danke«, sagte Sonja.

Sie stand auf und griff nach dem Stock.

Ich wollte sie was fragen. Ich wollte sie was fragen, damit sie mir eine Antwort gab und wir sprechen konnten. Aber nicht vor dem Kellner, nicht an diesem abgeräumten Tisch, an diesem Tisch, der so total leer war, als hätten wir überhaupt nicht da gesessen und gegessen, als hätte überhaupt noch nie jemand da gesessen und gegessen und Wein getrunken, der nach Licht schmeckte, noch nie jemand, noch nie, nie.

An der Ampel, wo wir auf Grün warteten, fragte ich sie.

»Wieso bist du blind geworden, Sonja?«

»Ein Unfall«, sagte sie.

Wie auf dem Hinweg hielten wir uns an der Hand,

aber es war nicht dasselbe Halten. Auf dem Hinweg hatte sie mich festgehalten, jetzt hielt ich sie fest. Obwohl wir uns genauso festhielten wie vorher. Ich ging links neben ihr, ihre Hand in meiner. Wie vorher. Und total anders.

»Ist bei dem Unfall dein Vater gestorben?«, fragte ich. Genau in dem Moment, als es grün wurde. Sie ging los, ich auch. Sie ging schneller und ihr Stock tackte aufs Pflaster, tacktack hin und her, wie eine verdammte Wünschelrute kurz vor der Quelle.

»Ja«, sagte sie.

Es war mir schon klar, dass das Wort nur zwei Buchstaben hatte. Aber dass man es aussprechen konnte, als hätte es nur einen Buchstaben, kapierte ich erst jetzt.

»Was für ein Unfall?« Aufhören war einfach unmöglich. Wenn ich aufhörte zu fragen, würde ich stumm und taub werden. Und dann könnten wir alle beide zur Behinderten-Olympiade fahren.

»Mein Vater hatte eine Cessna«, sagte Sonja. Ohne den Kopf zu mir zu drehen. »Wir sind in ein Gewitter geraten, er hat versucht zu landen, das ist schief gegangen. Er ist gestorben. Ich hab überlebt.«

Sie hörte so abrupt zu sprechen auf, dass ich fast stolperte.

Wir gingen genau denselben Weg zurück, den wir gekommen waren. An den alten renovierten Häusern vorbei, bogen in die Ainmillerstraße ein, wichen Leuten aus und Autos, deren Kühlerhauben massiv auf den Bürgersteig ragten, rannten, als hätten wir es eilig oder würden für irgendwas trainieren.

Vor dem Haus mit dem Zeitschriftenladen im Erdgeschoss blieb sie stehen.

»Ich muss jetzt am Computer arbeiten«, sagte sie.

Ich sagte: …

»Vielleicht sehen wir uns ja wieder«, sagte sie.

Ich sagte: …

»Pass auf dich auf, wenn du wieder schwimmen gehst«, sagte sie.

Ich sagte: …

»Wir können nicht zusammenbleiben, das weißt du doch«, sagte sie.

Ich sagte: …

Dann sagte ich: »Nein!«

Sie umarmte mich. Meine Arme hingen irgendwie gelähmt runter.

»Lukas«, sagte sie.

Ich sagte: »Aber warum …?«

»Ich bin froh, dass du gekommen bist. Sei nicht traurig.«

Ich war nicht traurig, worüber denn?

Sie sperrte schon die Tür auf.

Dann drehte sie sich um und sagte: »Denk dran, was wir alles zusammen erlebt haben. In so kurzer Zeit. Das ist doch wunderschön.«

»Ja«, sagte ich. Es klang wie nach einem halben Buchstaben.

Ihr Stock schlug gegen mein Bein.

Sonja küsste mich auf den Mund. Ich wollte auch was tun. Die Tür fiel zu. Fiel zu und blieb zu. Aus dem Schreibwarenladen kam eine grauhaarige Frau mit einem Pudel. Ich schaute an dem hohen Haus hinauf. Vielleicht flossen die Tränen dann zurück in meine Augen.

Falsch.

Ich brauchte ewig, bis ich es schaffte, auf die Klingel zu drücken. Nichts passierte. Ich klingelte noch mal. Noch mal. Dann hörte ich meinen Namen.

Neben dem Haus war das Tor zum Innenhof. Ich lehnte mich dagegen und sah Sonja auf dem Balkon im zweiten Stock stehen. Sie hatte ihre dunkle Brille auf. Sie rief meinen Namen nicht mehr. Sie stand da, schweigend. Wie ich. Meine Finger umklammerten das aufgewärmte Eisengestänge. Viel sehen konnte ich nicht wegen dem Schleier vor meinen Augen. Sonja stand da oben. Ich schaute so lang hin, bis ich überhaupt nichts mehr sah.

Wahrscheinlich brauchte ich zu lang, um mir die Augen auszuwischen. Als ich wieder nach oben schaute, war Sonja verschwunden. Das Tor war verschlossen. Es wollte auch niemand hineingehen oder rauskommen. Es war überhaupt niemand mehr unterwegs. Die Sonne schien. Im Hinterhof stand der riesige Baum und bewachte sämtliche Schatten. Und ich überlegte plötzlich, wie Blinde weinen. Weinen Blinde schwarze Tränen?

Mir war schon wieder schwindlig. Ich war betrunken. Ich wollte aber nicht betrunken sein. Ich wollte mit Sonja in der Küche sitzen. Oder mit ihr im Bett liegen. Oder mit ihr auf dem Balkon stehen. Oder sonst was mal zwei.

Und Wein trinken. Und noch mehr Wein trinken und ganz hell werden von innen her, dass die Nacht keine Chance hat.

Dass die Nacht keine Chance hat, dachte ich und dann ging ich weg.

Ich ging einfach mit meinen Schritten mit. An der Stoßstange eines Autos, das halb auf dem Bürgersteig geparkt war, haute ich mir das Bein an. Von da an humpelte ich.

Mindestens elf Stunden humpelte ich, bis ich die verdammte Straße fand, in der ich schon mal gewesen war, dann erreichte ich endlich den Englischen Garten. Ich ließ mich ins Gras fallen, als hätte mich der Blitz getroffen, und glotzte die Sonne an. Augen brauchte ich keine mehr.

19

Auf den Anblick hätte ich verzichten können.

Der dunkelbraune Klumpen glotzte mich an. Dann bellte er. Mir mitten ins Gesicht. Dann plumpste er neben mich hin. Wo war ich hier? Meine Klamotten klebten mir am Körper, ich war total nass geschwitzt.

Neben mir lag ein stinkender Hund.

Und diesen Hund kannte ich. Ich erkannte ihn an seinem Gestank und seinem blöden Glotzen.

Ich schob mich in die Höhe, setzte mich aufrecht hin, stöhnte, hatte ein Hämmern im Kopf.

»Das is aber 'n Zufall!«, sagte ein schwarz gekleideter Typ.

»Ringo«, krächzte ich.

Hinter ihm tauchte Lissy auf. Sie trank aus einer Zweiliterflasche und spuckte die Hälfte gleich wieder aus.

»Was hast du da gekauft?«, schrie sie. »Schmeckt ja klebrig!«

»Zu viel Süße«, sagte ich.

»Was?«, sagte Ringo.

»Zu viel Süße«, wiederholte ich automatisch. Und dann fiel mir alles wieder ein.

Ringo ließ sich ins Gras fallen, neben seinen Rucksack und drei Plastiktüten, und fing an sich eine Zigarette zu drehen.

»Kann ich einen Schluck haben?«, rief ich Lissy zu. Ich merkte, dass ich schwankte und dass was nicht stimmte mit mir, deswegen stand ich auch nicht auf. Immerhin schaffte ich es, mich hinzuknien.

»Soll ich's dir liefern oder was?«, brüllte Lissy.

Ich überlegte, was, doch sie kam her und hielt mir die Flasche hin.

»Hallo, Lissy«, sagte ich.

Sie hatte irgendwie keine Lust zu antworten.

In der Flasche war Rotwein. Wie er schmeckte, interessierte mich nicht. Mich interessierte, wie er wirkte. Und er wirkte sofort. Ich nahm gleich noch einen Schluck. Merkwürdigerweise hatte ich den Eindruck, dass mein Mund dadurch noch trockener wurde. Mein Durst wurde größer.

»Jetzt reicht's!«, schrie Lissy. Keine Ahnung, wieso sie nicht normal redete. Sie riss mir die Flasche aus der Hand.

»Wo kommt ihr her?«, fragte ich, als wäre die Information für irgendwas total wichtig.

»Von der Beerdigung meiner Oma«, sagte Ringo. Er hatte die Augen geschlossen und inhalierte. Vielleicht war er Rauchtester und kaute den Rauch und prüfte sein Aroma.

»Stimmt«, sagte ich.

Die Zeit schätzte ich auf zwei oder drei Uhr. Am Himmel hing immer noch keine Wolke. Manchmal funkte es komisch vor meinen Augen, winzige Blitze, sehr seltsam. Ich kniff die Augen zu und hielt die Hand davor.

»Was soll das?«, schrie Lissy.

»Krieg ich noch was?«, fragte ich.

»Hast du dich geprügelt?«, fragte sie.

Ich betastete mein Gesicht. Die Pflaster klebten alle noch fest.

»Ja«, sagte ich.

»Worum ging's?«, fragte Ringo. Seine Augen, die er wieder geöffnet hatte, waren so rot wie der Fusel.

»Arschgeigen«, sagte ich.

»Verstehe«, sagte er und inhalierte massiv.

Endlich gab mir Lissy die Weinflasche. In meinem Kopf summte und brummte es schlimmer als im schlimmsten Sommer bei uns auf der Terrasse, wenn uns die Killerbienen und Monsterhummeln heimsuchten.

Je mehr ich trank, desto weiter weg war ich von allem. Funktionierte super. Mir war schlecht, total schlecht. Der Wein musste vergiftet sein.

»Der Wein ist vergiftet«, sagte ich zu Lissy.

»Wenn der Typ auch keinen anderen kauft!«, schrie sie. Trank einen Schluck und sah sich um. »Was machen wir hier, hm? Ich hasse den Englischen Garten, ich hasse diese Stadt, was machen wir hier?«

Sie war mindestens neunmal so betrunken wie ich, so viel kriegte ich noch mit.

»Wir fahren abends, wenn es nicht mehr so heiß ist«, sagte Ringo. Superklarer Satz, grammatikalisch korrekt.

»So ein Mist!«, schrie Lissy.

»Ich muss telefonieren«, sagte ich. Wahrscheinlich kochte ich schon. So heiß war mir noch nie in meinem

Leben gewesen. Irgendwie stemmte ich mich in die Höhe. Als ich endlich aufrecht stand, kippte ich sofort wieder um.

»Hoppla«, sagte Ringo.

»Grüße an den Kreislauf!«, schrie Lissy. Wieso schreit die so laut, dachte ich. Und ich dachte: Wieso bin ich umgefallen?

Beim zweiten Mal hielt ich länger durch. Nicht viel länger. Aber länger. Dann lag ich wieder da.

»Ich muss telefonieren«, sagte ich. In einer sehr dunklen Ecke meines Hirns stand eine Telefonzelle, ich war ganz sicher, ich war dran vorbeigekommen, und niemand hatte dringestanden, ganz sicher.

»Da!«

Ringo hatte den Arm nach mir ausgestreckt. Auf seiner flachen Hand lag ein silbergraues Handy.

»Weißt du, wie's funktioniert?«

»Ja«, sagte ich.

Ich nahm das Ding und schaltete es ein. Die Nummer fiel mir schneller ein, als es hätte sein müssen. Was wollte ich überhaupt sagen? Und wozu?

Ich tippte die Zahlen.

»Ja?«, sagte jemand am anderen Ende.

»Ich bin's«, sagte ich.

»Lukas!«, rief meine Mutter. »Wo bist du? Dein Vater ...«

»Licht schmeckt Scheiße«, sagte ich und drückte den roten Knopf und gab Ringo das Ding zurück.

Dann legte ich mich wieder hin und hoffte, Ringos Oma käme mich abholen.

Stattdessen kamen Leute, die aussahen, als wäre ihre Lieblingsbeschäftigung das Zu-Tode-Erschrecken von Omas. Zuerst dachte ich, ich träum noch, als ich die Gruppe vor mir stehen sah. Sie trugen Ledermäntel und drunter nichts außer schweren Ketten und sonstigem Gehänge, massive Stiefel und Ringe, mit denen man alles Mögliche anstellen konnte, Augen ausstechen, Hunde abschlachten, Haut vom Leib ziehen zum Beispiel. Und die meisten hatten eine Glatze und die Ohren voller Ringe und Sterne. Irgendjemand hatte zwei Kästen Bier mitgebracht und sie tranken extrem zügig. Was verständlich war bei der Hitze.

Als ich aufwachte, war die Sonne schon ziemlich weit unten. Das bedeutete, ich hatte zwanzig Stunden geschlafen. Ich schaute auf meine Uhr. Sie war nicht da. An meinem Handgelenk war ein weißer Streifen. Die Schweine hatten sie mir geklaut!

Sofort griff ich in meine Taschen. Mein Geld war noch da. Wieso klauten die eine Swatch und nicht das Geld? Total unlogisch.

Erst mal musste ich aufstehen. Und was trinken. Ich verdurstete. Ich schwitzte. Wie spät war es?

Jemand rief: »Er lebt noch!«

Immerhin kippte ich nicht gleich wieder um, als ich endlich aufrecht dastand.

Um mich herum fand ein Volksfest statt. Ohne Buden und Autoscooter und Riesenrad. Aber mit tausend Leuten, die aßen und tranken und super drauf waren. Im Gegensatz zu mir. Während ich geschlafen hatte, hatte man mir einen Laster Kies in den Schädel gefüllt und ein Gewächshaus Kakteen in den Magen gepflanzt. Wenn ich bloß schnaufte, knirschte und stach es überall in mir.

Plötzlich stand einer der Ledermäntel vor mir.

»Hu!«, machte er.

Seine Glatze glänzte. Irgendwie sah er aus wie aus einem Italo-Western entlaufen.

»Hä?«, machte ich.

»Wer bist du?« Vielleicht hatte er einen Keller verschluckt, seine Stimme hörte sich jedenfalls so an.

»Lukas«, sagte ich.

»Ringo sagt, du hast Probleme«, sagte der Glatzenmantel.

Ich schüttelte den Kopf. Es rasselte und ich dachte, gleich rauschen Kiesel aus meinen Ohren.

»Cool bleiben«, sagte der Typ.

Ich nickte. Außer Kies gab es anscheinend in meinem Kopf noch einen Haufen anderes Zeug, Eisenteile, verrostete Eisenteile, die mir jeden Moment aus den Ohren rausstehen würden.

»Du siehst erledigt aus, Alter!«, sagte der Mantel. »Trink mal was zur Stärkung!«

Ich nahm seine Bierflasche. Nach dem ersten Schluck hätte ich direkt in die Flasche kotzen können.

»Danke«, sagte ich und gab sie ihm zurück.

»Wir ziehen ab«, sagte er. »Kommst mit?«

Nein, dachte ich. »Okay«, sagte ich.

Wo war meine verdammte Uhr?

»Komm mit!«, rief mir Ringo zu. Er schulterte seinen Rucksack und drückte eine der Plastiktüten seiner

Freundin in die Hände. Lissy fluchte, was ich auf die Entfernung nicht genau verstehen konnte. Dann nahm sie die Tüte und stapfte davon.

Das Gleiche wollte ich auch tun. Mein linkes Bein aber nicht. Es steckte fest. In sich selber. Die Bewegung tat so weh, dass ich stehen blieb und die Hose hochkrempelte. Am Schienbein schimmerte ein riesiger dunkelblauer Fleck, an der Stelle, an der ich in der Ainmillerstraße gegen die verdammte Stoßstange gekracht war.

»Beeilung, Kleiner!«, brüllte einer der Typen. Ich brauchte nicht hinzusehen, den erkannte ich an seiner Stimme.

Mit extremer Selbstdisziplin schaffte ich es, ein paar Schritte zu machen. Ich musste es schaffen. In der Gruppe der Ledermäntel war ich in Sicherheit, bei denen vermutete mich niemand. Und wenn Polizei auftauchte, würden sie mich verstecken, garantiert.

Ich hinkte, als wäre ich angeschossen worden.

Manchmal schaute sich Ringo um und winkte mir zu.

Zum Glück hatten sie es nicht eilig. Eigentlich gingen sie nicht schneller als ich, sie hatten bloß Vorsprung. Die Bierkästen hatten sie zurückgelassen, was logisch war bei der Hitze.

Langsam verschwand die Sonne hinter den Häusern und Bäumen. Ich hatte ewig gepennt.

»Hallo!«, rief ich. »Wie viel Uhr ist es?«

»Gleich acht«, sagte jemand hinter mir. Verdammte Erschreckung schon wieder!

Eine gut gelaunte Oma um die achtzig kam an mir

vorbeigejoggt. In einem gelben Jogginganzug. Sie grinste mich an, nickte merkwürdig, schnaufte und lief im Stehen, weil sie unbedingt mit mir reden musste.

»Hast du dich verletzt, Junge? Du siehst ja schlimm aus. Sind deine Eltern hier? Brauchst du Hilfe? Ich hab ein Handy dabei. Du hinkst ja! Kann ich was für dich tun, Junge?«

»Nein«, sagte ich.

»Wirklich?«, sagte sie.

»Wirklich«, sagte ich.

»Na gut«, sagte sie.

»Schönen Abend noch«, sagte ich.

»Dir auch«, sagte sie.

»Danke«, sagte ich.

Dann rannte sie los, hob ihren Arm und wedelte mit der Hand. Inzwischen hatten die Mäntel einen riesigen Vorsprung. Ich hasste die Alte.

In dem Haus in der Nähe des Mittleren Rings wohnten noch mehr Mäntel. Oder sie waren bloß zu Gast, das konnte ich nicht unterscheiden. Es war ein zweistöckiges Haus, ähnlich dem, in dem wir in Giesing wohnten, allerdings unterschied sich die Einrichtung extrem. Hier standen in jedem Zimmer ein brutal zerschlissenes Ledersofa, ein Glastisch und ein Fernseher. Überhaupt schien es hier mehr Fernseher als Möbel zu geben. Und alle waren eingeschaltet, ohne Ton. Dafür lief die Stereoanlage, die sich nicht da befand, wo ich war. In dem Zimmer, in dem ich in einem rissigen Ledersessel saß, redeten zwei Frauen und ein Typ auf dem

Sofa aufeinander ein, alle anderen waren in anderen Räumen. Wo die beiden Frauen plötzlich herkamen, wusste ich nicht. Im Englischen Garten waren sie nicht dabei gewesen.

Wie die anderen trank ich Wodka. Aus einem Glas. Das tat sonst niemand. Alle tranken direkt aus der Flasche.

Von meinem Sessel aus hatte ich einen Superblick auf ein Bild an der Wand, auf dem vor allem nichts drauf war. Ein paar rote Flecken, gelbe Streifen, oben rechts ein schwarzer ausgefranster Punkt. Es war schwierig, was zu erkennen, weil das Licht an der Decke von einem schwarzen Lampenschirm praktisch abgeschirmt wurde.

Ganz sicher war ich mir, dass die Musik aus dem vorigen Jahrhundert stammte. Irgendwo musste sie herkommen. Aber ich sah nirgends Boxen stehen. Von mir aus.

Mich störte nichts. Nichts mehr. Mein Glas war fast leer. Wie mein Kopf. Die drei auf der Couch diskutieren über ein Buch und einen Film. Die Frauen finden, der Film ist besser als das Buch. Der Typ meint, sie hätten überhaupt nicht kapiert, worum es in dem Buch geht und dass es unverfilmbar ist. Sie reden immer wieder dasselbe und ich frag mich, wann sie es endlich merken.

Vielleicht hätte ich aufstehen und den Leuten sagen sollen, dass ich heute mit einer Blinden im Bett gewesen war. Mit einer Blinden. Und dann hätte ich mir auch so einen Ledermantel angezogen und erklärt, dass das Buch, das ich lese, total unverfilmbar ist, weil da überhaupt nichts passiert und alle Leute bloß warten oder verprügelt werden oder verrückt sind.

Als mir das Glas aus der Hand fiel, schauten die drei von der Couch eine Mikrosekunde lang zu mir her und laberten dann weiter.

Aber ich spürte plötzlich einen Schlag gegen mein Bein. Ich beugte mich vor. Und spürte wieder einen Schlag. Einen leichten Schlag, wie unabsichtlich. Als wäre es ein Versehen, dass ich getroffen wurde. Und zwar nicht am linken Bein, wo der blaue Fleck immer mehr zu einem Ballon anschwoll, sondern am rechten Bein, unterhalb des Knies. Genau da, wo ich den ersten Schlag abgekriegt hatte. Das war irre. Als wäre ich gleichzeitig in dem verrauchten, schäbigen Zimmer und draußen im Tag, in der Sonne, vor dem hohen Haus mit dem Zeitschriftenladen im Erdgeschoss. Und Sonjas weißer Stock berührt mich am Bein und Sonja steht in der Tür und es dauert nur noch eine Viertelsekunde, bis sie verschwunden ist.

Das war das, was ich spürte in diesem Moment. Und ich wollte aufspringen und loslaufen, weglaufen, den ganzen Weg zurück, den ganzen Tag zurück.

Und weil das nicht klappte, holte ich mein Buch aus der Tasche und fing an zu lesen. Ich hatte alles vergessen. Auch war es viel zu dunkel zum Lesen. Dunkel und laut und stickig. Und dann fiel mir ein, dass ich vergessen hatte zu fragen, ob mir jemand meine Uhr geklaut hatte und wieso.

Und morgen?, dachte ich. Das Buch rutschte mir aus

der Hand und der Sessel verschluckte es. Morgen gibt's nicht, dachte ich, heut hat's auch nicht gegeben. War alles ein Film, ein Film nach einem Buch, das es nicht gibt, ein Film in meinem Kopf, der unverfilmbar ist, total unverfilmbar, mein Kopf.

Einmal wachte ich auf, da war es still. Später lief ich durch eine riesige Wohnung und suchte Sonja. Ich sah in jedem Zimmer nach, es gab ungefähr fünfzig Zimmer, in jedem waren Leute, hundert Leute, redeten und tranken und bemerkten mich nicht, obwohl ich sie fragte, ob sie Sonja gesehen hätten. Plötzlich war ich in einer anderen Wohnung, die genauso groß war, aber fast leer, wenig Leute, die auch nichts wussten. Ich stieg in einen Fahrstuhl, aber da, wo ich hinwollte, kam ich nicht an. Der Fahrstuhl verwandelte sich in einen Zug und ich saß in einem Abteil und wollte raus. Ich rannte von Abteil zu Abteil, die alle aussahen wie Kabinen in einem Flugzeug. Und der Fahrstuhl flog auch irgendwie, kam dann aber in einem Bahnhof an. Den kannte ich, aber ich hatte vergessen, wo der richtige Ausgang war. Als ich schließlich draußen war, kannte ich mich nicht aus. Hier war ich noch nie gewesen. Eine alte Frau kam vorbei und ich fragte sie: Können Sie mir sagen, wo es nach Fraul geht? Nein, sagte sie, das kenn ich nicht. Ich wollte unbedingt nach Fraul. Das war ein Stadtteil, wusste ich plötzlich, ein bestimmter Stadtteil, den mussten die Leute doch kennen, die hier wohnten! Dann vergaß ich den Namen wieder.

Später traf ich Sonja und sie sagte, sie sei operiert worden und könne jetzt sehen. Da rannte ich weg, weil ich nicht wollte, dass sie mich anschaute. Ich war ja total hässlich.

20

Punkt zwölf wachte ich auf. High Noon. Die Uhr am Fernseher blinkte gelb. Nachdem ich kapiert hatte, wo ich war, angelte ich mein Buch aus den Tiefen des Sessels, verließ das stinkende Zimmer, hinkte über den Flur, hörte mehrstimmiges Schnarchen, trank in der Küche, in dem eine Million Flaschen standen, vier Liter Leitungswasser und war total erleichtert, dass die Haustür nicht abgesperrt war.

Der Tag sah genauso aus wie der gestrige. Brutale Sonne, null Wolken, offene Fenster in allen Häusern.

Langsam versuchte ich mich zu erinnern. Das war merkwürdigerweise nicht schwer. War viel zu leicht. Anscheinend waren die Dinge in meinem Kopf wieder an ihrem Platz.

Wohin wollte ich jetzt? Was hatte ich hier noch verloren? Entlang dem Park schlurfte ich dahin, mein Hirn prall von Gedanken, die alle bloß so sprühten.

Was war das für ein Haus, in dem ich die Nacht verbracht hatte? Was waren das für Typen? Und wo waren Lissy und Ringo und ihr Köter?

Dann dachte ich vage an meine Träume, aber ich kriegte sie nicht mehr hin.

Heute war Freitag, mein Geburtstag war jetzt schon drei Tage alt. Jetzt war ich vierzehn. Strafmündig. Ich bekam einen Personalausweis mit einem Foto von mir drin. Und ich hatte mit einem Mädchen geschlafen. Fast. Rico und die anderen behaupteten, sie hätten schon oft Sex gehabt, und das stimmte wahrscheinlich. Mir doch egal.

Entweder die Stadt war wirklich so klein, wie mein Vater immer sagte, oder jemand dirigierte mich durch die Gegend, ohne dass ich es merkte. Auf einmal erreichte ich wieder den Platz an der Münchner Freiheit. Ich kam hier einfach nicht weg. Als wären alle Straßen, die von hier wegführten, gesperrt. Als hätte ich überhaupt keine Wahl.

Aber was sollte ich tun? Was sollte ich denn sagen?

In einer Metzgerei kaufte ich mir eine Wurstsemmel und eine Cola. Ich aß und trank im Gehen. Auf keinen Fall wollte ich stehen bleiben, keine Ahnung, wieso nicht. Vielleicht wäre ich dann erstarrt. Oder ich hätte angefangen zu heulen, verdammt. War schon hart genug, dass ich dauernd mit mir redete. Das war mir noch nie aufgefallen. Hoffentlich hörte niemand zu. Ich redete die ganze Zeit mit mir. Seit wann machte ich das? Machten das alle?

An der Ecke wäre ich fast stehen geblieben. Doch dann bog ich in die Straße ein, es ging nicht anders. Vorbei an einer Discothek, an einem Imbissladen, noch mal über eine schmale Straße, an einem Neubau vorbei, und immer auf dieser Seite bleiben, nicht die Straßenseite wechseln, ich durfte nicht rübergehen, wenn jemand aus der Tür kam, wollte ich sofort in Deckung gehen hinter einem der geparkten Autos.

Niemand kam raus. Ich wartete. Ich schwitzte. Was sonst?

Dann stellte ich die leere Coladose unter ein Auto.

Den Entschluss, rüberzugehen, fasste ich nicht, der fasste sich selber, ich ging bloß mit.

Mein Finger drückte die Klingel. Wenn ich meine Jacke aufgemacht hätte, wäre mein Herz rausgesprungen.

»Hallo?«, sagte eine Stimme in der Sprechanlage.

Ich hielt meinen Mund hin.

»Hallo?«, sagte die Stimme noch mal.

»Ich …« Totale Pause. »Hier … Lukas …«

»Sonja ist nicht da«, sagte die Stimme.

»Ja«, sagte ich.

Geräusche. Stille.

»Du kannst hochkommen und dir deine Uhr abholen«, sagte die Stimme. Dann summte die Tür.

Meine Uhr, dachte ich im Treppenhaus, in dem es irgendwie gesund roch.

Vor der Tür im zweiten Stock stand Sonjas Mutter in einem blauen Kleid. Die Farbe gefiel mir sofort, obwohl mir auch sofort klar war, dass das total unwichtig war.

In der Hand hatte sie meine Swatch.

»Deine Uhr«, sagte Cornelia.

»Schenk ich Sonja«, sagte ich.

»Sie hat schon eine. Nimm sie!«

Ich nahm sie nicht.

»Sie gehört dir.«

»Nein.«

Dann nahm ich sie doch. Steckte sie in die Hosentasche und schaute.

Cornelia wirkte nicht so, als hätte sie mir einen Kuchen gebacken.

»Was willst du noch?«, fragte sie.

»Sonja ...«, fing ich an. »... sprechen«, hörte ich auf.

»Ich hab dir gesagt, sie ist nicht da, und jetzt verschwinde!«

»Wieso ... und wieso kann ich sie nicht sehen?«

»Sie ist nicht da, hörst du schlecht?«

»Aber ... aber ...«

»Hör mir zu, Lukas«, sagte sie und verschränkte die Arme, als wäre das alles eine extrem lässige Angelegenheit. »Erst vor einem Jahr hatte Sonja eine Beziehung zu einem jungen Mann, der war sehr nett. Am Anfang war er sehr nett, rührend. Aber er war nur auf ein Abenteuer aus, er wollte ausprobieren, wie das ist mit einer Blinden. Ich hab auf sie eingeredet, aber sie hat ihren eigenen Kopf, sie ist stur. Einerseits ist sie so selbstständig wie jede andere junge Frau, andererseits ist sie stur und naiv. Und dann hat er sie sitzen lassen und sie ist fast gestorben vor Sehnsucht. Sie hat nur noch geheult, tagelang, ich konnte nicht mehr zur Arbeit gehen und sie auch nicht. Sie hat nicht mehr gelernt, ging nicht mehr zum Bedienen, rief ihre Freundin nicht mehr an, nichts. Und alles wegen diesem Kerl. Sonja hat so ein Verlangen nach Zärtlichkeit und körperlicher Nähe, das ist ja normal in ihrem Alter, und dann vergisst sie, dass sie behindert ist, und die jungen Männer denken, sie ist doch dankbar, wenn sie eine Zeit lang nett zu ihr sind. Und sie glaubt, sie meinen es ernst. Aber das tun sie nicht. Und du, Lukas, ich weiß nicht, was sie ausgerechnet an dir findet, du bist nett. Aber du bist so jung und du kennst sie überhaupt nicht, du hast sie einmal gesehen, einmal, Lukas. Mach sie nicht unglücklich, lass sie in Frieden. Sie tut immer so, als wäre sie stark und habe alles im Griff. Aber das stimmt nicht. Sie hat Angst, manchmal panische Angst vor allem, was kommt, vor jedem neuen Tag. Wir sind in Kontakt mit einer Klinik in Amerika, die ihr vielleicht helfen kann, vielleicht. Wir wissen es nicht. Es ist alles ungewiss. Und du hast nichts damit zu tun, Lukas, sei froh, du führst ein anderes Leben, und das soll auch so bleiben.«

Ich schaute sie an. Sie lächelte.

Dann sagte sie: »Auf Wiedersehen, Lukas.« Sie ging in die Wohnung und schloss die Tür. Ich ging nicht weg. Ihre Worte hatte ich alle in meinem Kopf und es wurden immer mehr.

Als ich endlich das Haus verließ, hing mein Kopf bis zu den Knien herunter. Bis zu der Stelle, an der sie mich mit ihrem weißen Stock berührt hatte wie aus Versehen.

Ich lief so rum. Stunde um Stunde.

Stunde um Stunde.

Oder bloß eine Minute.

Ich lief so rum.

Und dann fiel mir was ein. Zwei Wörter.

The Killer.

The Killer.

Und ich rannte zum nächsten Zeitungsständer.

Und nachdem ich die vorletzte Seite gelesen hatte, warf ich die Zeitung zurück in den Kasten.

Vielleicht war es verkehrt, was ich vorhatte.

Vielleicht war es total sinnlos. Wie das Warten der zwei Penner auf der Landstraße.

Aber sie warteten ja trotzdem.

Trotzdem.

Trotzdem.

21

Der Film war ab sechzehn, aber ich kam ohne Probleme rein. Dem Typ an der Kasse hingen die Rastalocken übers Gesicht und er schaute mich nicht mal an, als ich bezahlte.

Außer mir saßen noch vier Leute im Dunkeln.

Sonja war nicht dabei.

Die Werbung lief und ich setzte mich in der Mitte in die Mitte.

Auf einmal war mir beim Rumlaufen das Kinoprogramm eingefallen, das Sonja auf ihrem Schreibtisch liegen hatte, mit dem eingekreisten Filmtitel.

The Killer.

Spielte in Hongkong. Nach den Bildern, die im Schaukasten hingen, wurde in dem Film vor allem geschossen.

Und es ging um eine Frau, die blind wird.

Ich saß da und schaute zur Tür. Der Vorhang war noch nicht vorgezogen und Licht fiel herein.

Sie würde nicht kommen. Wieso sollte sie sich einen Film anschauen, in dem eine Blinde vorkam? Mein Vater hatte *Taxi Driver* auch nie gesehen, interessierte den null.

Während der Eiswerbung kriegte ich Hunger auf ein Eis.

Ich schaute zur Tür. Ich schaute zur Leinwand. Als ich wieder zur Tür schaute, kam Vanessa herein. Ich erkannte sie sofort. Sie wartete. Ich rutschte tiefer in den Sitz, was komplett daneben war.

Dann war die Werbung zu Ende und das Licht ging noch mal an. Wo hätte ich hinschauen sollen? Vanessa flüsterte Sonja, die hinter ihr stand, etwas zu. Sonja hob den Kopf. Hintereinander gingen sie an der Wand entlang. Die Typen vor mir glotzten rüber. Als die Mädchen meine Reihe erreichten, richtete ich mich auf.

»Hallo, Sonja«, sagte ich.

Vanessa warf mir einen Blick zu und ging weiter. Sonja war stehen geblieben.

»Hier ist noch frei«, sagte ich.

»Ich bin hier!«, rief Vanessa, und ich drehte mich kurz um. Sie wartete vor der letzten Reihe und ich dachte, wieso gehen die so weit nach hinten? Dann dachte ich, dass es egal war, wo man im Kino saß, wenn man blind war.

Vorn hantierte der Rastatyp an einem Schaltkasten. Das Licht ging langsam aus.

Und Sonjas Stock klackte in meine Richtung. Ohne was zu sagen, setzte sie sich rechts neben mich. Sie roch gut, total nach Sommer.

»Hallo«, sagte ich.

»Hallo«, sagte sie.

Auf der Leinwand lief der Vorspann. Ich hörte, wie Vanessa gegen einen Sitz krachte. Es blieb ihr nichts anderes übrig, als sich rechts neben Sonja zu setzen.

»Hi«, sagte sie zu mir, nach vorn gebeugt.

»Hallo«, sagte ich.

Sonja strich ihr übers Gesicht.

Die Musik war ziemlich melodisch, ganz anders als die Musik in anderen Filmen.

»Kennst du den Film?«, flüsterte Sonja.

»Nein«, flüsterte ich.

»Ich auch nicht«, flüsterte sie. »Vanessa hat ihn ausgesucht, sie wollte unbedingt rein.«

»Eine Kirche«, sagte Vanessa. »Viele Kerzen, die alle brennen. Ein Kerl mit einem weißen Schal. Und ein zweiter Kerl mit einem Koffer.«

Glaubst du an Gott?

Ich hatte noch keinen Grund. Es ist die Ruhe, die mich herzieht.

Ich hielt meinen Kopf so, dass ich Sonja von der Seite beobachten konnte, ohne dass sie es merkte.

Plötzlich flüsterte Sonja: »Ich wollt dich nicht verletzen.«

Ich nickte. Dann sagte ich schnell: »Ja.«

»Das war das Geräusch einer Pistole«, sagte sie.

»Ja«, sagte ich. »Der Auftragskiller ist in einer Bar. Auf der Bühne steht eine Sängerin in einem weißen Kleid.«

»Ruhe dahinten!«, rief einer der Typen vor mir.

»Meine Freundin ist blind!«, rief Vanessa.

Der Typ drehte sich zu uns um. Und glotzte.

»Falsche Richtung!«, rief Vanessa und zeigte auf die Leinwand.

»Aha«, sagte der Typ. Keine Ahnung, was er damit meinte.

Endlich schaute er wieder nach vorn.

Sonja saß da, als hätte sie einen Stock verschluckt, und drückte ihre Finger gegen die Schläfen.

»Die Sängerin ist in Gefahr«, sagte sie leise.

»Ja«, sagte ich. »Der Auftragskiller hat direkt neben ihrem Gesicht auf die Leute geschossen, die er umbringen soll. Und das Mündungsfeuer hat die Augen der Frau verbrannt.«

»O Gott«, sagte Sonja.

Dann ist die Sängerin bei einem Arzt, sie kann nichts mehr sehen. Aber sie singt weiter in der Bar.

»An einem Tisch sitzt der Killer und hört ihr zu«, sagte ich. »Er ist traurig, weil er schuld an ihrer Blindheit ist.«

»Ja«, sagte Sonja.

Und so wie sie dieses Ja sagte, wusste ich plötzlich, dass sie mehr sah als ich. Dass sie mehr mitkriegte als ich, dass sie irgendwie mehr da war als ich, mehr wirklich war als ich. Ich konnte es nicht erklären, ich wusste es. Und auf einmal war ich total traurig und es kam mir vor, als würde der Film meine Traurigkeit irgendwie bebildern, verdammt, als wäre ich hergeschickt worden, um erst mal traurig zu werden und dann auch gleich den passenden Film dazu geliefert zu kriegen. Was auf der Leinwand passierte, passierte irgendwie gleichzeitig in mir drin, und das war ziemlich schwer auszuhalten.

»Was passiert jetzt?«, flüsterte Sonja.

Es dauerte ewig, bis meine Augen wieder funktionierten. »Die Sängerin wird nachts auf der Straße überfallen … und der Killer rettet sie …«

Wer sind Sie, Mister?

Jemand, dem Ihr Singen gefällt. Trauen Sie mir, ich will Sie nur nach Hause begleiten, ich verspreche es Ihnen.

Dann saßen wir da und schauten. Auch Sonja schaute. Durch die Dunkelheit.

Wieso machen Sie das Licht aus?

Sie können mich sehen?

Ich kann Sie nur als dunklen Schatten erkennen, auch wenn Sie sicherlich sehr hübsch sind.

Der Killer sieht seinen blutgetränkten Schal an der Garderobe hängen und die Sängerin erzählt ihm, was geschah. Als würde er das nicht genau wissen. Und dann ist sie wieder in der Bar und singt ihr schönes Lied. In der Zwischenzeit passiert woanders etwas.

»Eine Polizeiaktion«, sagte ich, »ein Polizist verfolgt einen Gangster bis in die Straßenbahn …«

»Ist deine Freundin auch taub?«, rief der Typ aus der vorderen Reihe.

»Nein!«, rief Vanessa. »In der ersten Reihe ist alles frei, setz dich da hin!«

Der Typ brummte irgendwas, wackelte mit dem Oberkörper hin und her, wuchtete sich dann in die Höhe, stieg über die Stuhllehnen und setzte sich tatsächlich in die erste Reihe. Viel Spaß mit der Genickstarre.

Zwischen dem Killer und seinem besten Freund gibt es Streit, der Freund verrät ihn, weil er von den Auftraggebern unter Druck gesetzt wird und zu schwach ist, sich zu wehren. Nur aus einem einzigen Grund nimmt der Killer wieder einen Auftrag an.

Ich mach es für Sel, für ihre Augenoperation … Ich werde

mit ihr nach Amerika gehen, da sind die Chancen viel größer …

Ich wünsche euch viel Glück.

Und immer wieder das Lied der blinden Sängerin.

»Da sind Drachenboote, tausend Leute am Ufer, ziemlich bunt alles«, sagte ich.

»Ja«, sagte Sonja.

Immer wieder wollte ich ihr sagen, was passierte, aber sie legte mir die Hand auf den Mund. Zu kurz für mich, um zu entscheiden, ob ich vielleicht was mit der Zunge tun sollte. Doch ich verstand schon, dass ich besser die Klappe hielt.

Von einem Boot aus erschießt der Killer einen schmierigen Geschäftsmann und flüchtet. Der Polizist, die zweite Hauptfigur, sieht ihn und verfolgt ihn.

Wenig später begegnen sie sich in einem Krankenhaus, wohin der Killer ein kleines Mädchen gebracht hat. Das ist von den fiesen Auftraggebern des Killers bei einer Schießerei verletzt worden.

»Du brauchst nichts zu sagen«, sagte Sonja. »Ich hör alles. Zuerst gibt es eine Menge Handlung und hinterher reden sie darüber. Ich brauch bloß zuzuhören. Außerdem ist der Sound sehr gut hier. Ich sitze immer in der Mitte. Du hast den richtigen Platz ausgesucht, Lukas.«

Jetzt hätte ich gern das Lied gehört. Genau jetzt.

Der Typ in der ersten Reihe hob den Arm und fuchtelte dämlich rum. Dann sackte er in sich zusammen.

Sonja saß immer noch total kerzengerade da. Manchmal bewegte sie den Kopf hin und her, hielt ihn schief, senkte ihn, wahrscheinlich war sie konzentrierter als ein Astronaut in einem Raumschiff auf der Rückseite des Mondes.

»Überall weiße Vorhänge in dem Krankenhaus«, sagte ich, weil ich das wichtig fand. »Und jetzt stehen sie sich beide gegenüber, mit Pistolen in der Hand, einer zielt auf den andern. Sie warten, ob das verwundete Mädchen wieder wach wird. Jetzt bewegen sich seine Finger. Und der Killer rennt los. Der Polizist will ihm im Auto hinterherfahren, aber der Killer hat den Autoschlüssel mitgenommen ...«

»Blöder Polizist«, flüsterte Sonja.

»Ich kann diese Chinesen nicht auseinander halten, für mich sehen die alle gleich aus«, sagte Vanessa.

»Für mich nicht«, sagte Sonja.

»Jetzt eine Rückblende«, sagte ich, »der Killer sieht wieder das verwundete Mädchen während der Schießerei ...«

»Danke«, sagte Sonja.

Später sitzt der Polizist in der Bar, wo die Sängerin auftritt.

Jeffrey?

Es tut mir Leid, Sie zu enttäuschen, aber ich bin nicht Jeffrey.

Entschuldigen Sie, meine Augen sind nicht sehr gut, ich hielt Sie für meinen Freund.

Sie singen wunderbar.

Ich singe für ihn, doch er ist nicht hier.

Sie singen so gefühlvoll über ihn. Mir ist, als kennte ich ihn.

»Der Killer, ihr Freund, ist an der Tür und verschwindet wieder«, flüsterte ich.

Musik spielte, klang irgendwie nach *Spiel mir das Lied vom Tod*, aber einfacher, vielleicht chinesischer.

Für Sonja schien der Film überhaupt kein Problem zu sein. Vanessa fragte siebzigmal: Kommst du mit? Kommst du mit? Als wolle sie gleich aufstehen und weggehen. Und Sonja sagte immer: Ja, ja, ja.

Jedenfalls wurde in dem Film sensationell viel geschossen und die Typen tanzten in der Luft und zuckten rum, bevor sie tot auf den Boden knallten.

Wieso hatte ich keine Cola gekauft? Oder irgendwas anderes. Wieso hatte ich jetzt nichts dabei, dann hätte ich die verdammte Traurigkeit wegspülen oder wegmampfen können. Ich musste mir was holen. Ich musste mir sofort was holen!

Sonja kicherte.

»Was ist?«, sagte ich.

»Die zielen jetzt wieder mit ihren Pistolen aufeinander«, flüsterte sie, »in der Wohnung der Sängerin, und die Sängerin begreift das nicht, sie kocht Tee, weil sie denkt, die beiden sind Freunde ...«

»Ja«, sagte ich.

Eine Verfolgungsjagd durchs Haus, auf dem Dach flattern Tauben, was sonst? Und der Killer ist wieder cleverer, er schnappt sich ein Auto und haut ab.

Ihr Jeff ist ein professioneller Mörder.

Sie lügen!

Hören Sie zu, Jeff hat Sie verletzt, ungewollt. Jetzt ist sein früherer Auftraggeber hinter ihm her.

Ich glaub Ihnen nicht!

Wenn ich ihn diesmal erwische, rettet ihm das vielleicht das Leben. Sein Mörder ist schon hinter ihm her.

Der Killer und sein bester Freund treffen sich auf einem Hügel.

»Da unten sind die Hochhäuser von Hongkong«, sagte ich, »und Berge auch.«

»Ich höre den Höhenwind pfeifen«, sagte Sonja leise.

»Stimmt«, sagte ich.

Die Missverständnisse regeln wir in einem anderen Leben, sagt der Freund.

Und der Killer: *Nein, dann lieber sofort. Ich trau dem nächsten Leben nicht.*

Sie lachen.

»Das gefällt mir«, sagte ich.

»Was gefällt dir?«, fragte Vanessa.

»Dass es ein nächstes Leben gibt.«

Keine Ahnung, wieso ich das sagte. Es stimmte einfach. In der ganzen Traurigkeit, die in mir drinhing wie eine verdammte Eisenglocke, hatte ich für eine Mikrosekunde die Vorstellung, dass ich im nächsten Leben besser dran wäre. Irgendwie besser. Und dass ich das, was ich mir ständig denke, auch sagen kann, und dass das jeder versteht. Und dass es keine Missverständnisse gibt, zum Beispiel zwischen mir und Sonja.

»Bis zum nächsten Leben ist es noch lang hin«, sagte Sonja.

»Ich muss dich was fragen«, sagte ich leise.

»Mach«, sagte sie, »ist sowieso gerade wieder Verfolgungsjagd und Schießerei.«

»Woher weißt du, was passiert?«

»Ich hör's. Du nicht?«

Ich nickte. »Wenn du träumst«, sagte ich so leise wie möglich, »siehst du dann was oder bist du im Traum auch blind?«

Ewig langes Schweigen.

»Manchmal«, sagte sie, »sehe ich, manchmal nicht.«

Ich schwieg. Meist passte ich nicht so genau auf, was los war in meinem Schlaf, aber wenn ich überhaupt nichts sehen würde im Traum, das wäre fürchterlich.

»Manchmal«, sagte Sonja, »lebt mein Vater, manchmal ist er tot.«

Auch der Polizist hat einen besten Freund. Randy. Der stirbt nach einer Schießerei.

»Rückblende«, sagte ich, »Randy und der Polizist.«

Du kannst nicht immer gewinnen. Aber auch nicht immer verlieren.

»Ja«, sagte Sonja, »von jetzt an handelt der Killer auf eigene Faust.«

Genauso passierte es in dem Film. Und die Augen der Sängerin werden immer schlechter.

Wieso ist es so dunkel?

Es ziehen Wolken auf, lügt der Killer. Er will, dass der Polizist, der inzwischen sein Freund geworden ist, ihn umbringt, denn er würde niemals ins Gefängnis gehen.

»Sie zielen schon wieder mit den Pistolen gleichzeitig aufeinander«, sagte ich leise. »Und jetzt hat auch die Sängerin eine Waffe und richtet sie auf den Polizisten. Ein Schuss hat sich gelöst.«

»Hab ich gehört.«

»Entschuldige.«

»Du bist ein sehr guter Audio-Descriptor.«

»Ein was?«

»Gibt's im Fernsehen«, flüsterte sie. »Du musst einen bestimmten Kanal einstellen.«

Sie schießen wie irre, ein Auto fliegt in die Luft und der Polizist, der Killer und die Sängerin flüchten gemeinsam.

Dann versorgt der Polizist die Schusswunde des Killers.

»Die Vögel singen«, sagte Sonja.

Jetzt hörte ich es auch.

Ich erledige diesen Job, aber niemand vertraut mir.

Ich kenne das Problem.

Du bist kein echter Polizist.

Und du bist kein echter Killer.

Sie lachen. Die Vögel singen immer noch.

»Hörst du das Lied im Hintergrund?«, sagte Sonja.

»Ja«, sagte ich.

Wo sind wir hier?

In einem Hotel.

Aber wieso ist es dunkel? Ich kann überhaupt nichts erkennen. Jeff, wieso ist das Licht aus? Können wir es nicht anmachen?

»Überall brennen Kerzen, sie sind in einer Kirche, der Killer, der Polizist und Sel, die blinde Sängerin. Dieselbe Kirche wie am Anfang. Der Killer lügt die Sängerin an«, sagte ich.

»Ich weiß«, sagte Sonja.

Es ist ein Kurzschluss, sie reparieren ihn schon.

Während die brutalen Auftraggeber rausfinden, wo der Killer sich versteckt hält, sprechen er und der Polizist über Freundschaft. Ich brauchte nichts zu erklären.

»Die Sängerin starrt in die Kerzen«, sagte ich, »sie ist ganz nah …«

»Aber sie sieht nichts«, sagte Sonja.

»Nein, sie sieht nichts …«

»Psst …«

Wenn ich diese Nacht nicht überlebe, bring mich als Spender ins Krankenhaus. Meine Hornhaut ist für Sel. Und wenn das nicht möglich ist, bring sie mit dem Geld nach Amerika …

Sag so was nicht …

Blutüberströmt taucht der Freund des Killers auf, mit einem Geldkoffer. Auch er und der Killer reden jetzt über Freundschaft. Draußen vor der Kirche fahren schon die schwer bewaffneten Auftraggeber vor.

Ich wollte sie abschütteln, es waren zu viele …

»Sie haben den Freund übel zugerichtet«, flüsterte ich.

Bin ich ein Versager, Jeff?

Nein, du bist ein Held.

Es bleibt dem Killer nichts anderes übrig, als seinem sterbenden Freund den Gnadenschuss zu geben.

»Die Tauben flattern durch die Kirche …«

»Hab ich gehört.«

»Wirklich?«

»Psst …«

Der Polizist will, dass der Killer mit seiner Freundin

flieht. Es ist zu spät. Eine unfassbare Schießerei beginnt. Fünftausend Kugeln in einer Minute. Zwei Männer gegen das ganze Syndikat.

Es knallte ununterbrochen. Aus allen Winkeln kamen Gangster, sie schossen mit Maschinenpistolen und Gewehren, die ganze Kirche ging zu Bruch. Wer getroffen wurde, tanzte wie unter Strom und stürzte dann zu Boden. Die blaue Madonna zersplitterte in tausend Teile.

»Da ist ein Messdiener«, sagte ich hastig. »Er hat eine Brille auf.«

»Was macht er?«

»Er reißt die Sängerin an sich und rennt mit ihr aus der Kirche. Der Killer ist verletzt.«

»Ich dachte schon, er ist unverwundbar«, sagte Vanessa.

»Sie sind jetzt draußen, der Killer und der Polizist«, sagte ich.

»Das Geballer nervt«, sagte Vanessa.

»Du nervst!«, rief der Typ in der vorderen Reihe. Anscheinend war er von dem Krach aufgewacht.

»Die Kirche fängt an zu brennen«, sagte ich.

»Wo ist Sel?«, flüsterte Sonja.

In diesem Moment hörten wir die Sängerin nach dem Killer rufen. Der Obergangster mit dem weißen Stirnverband hat sie in seiner Gewalt, er hält ihr eine Pistole an den Kopf. Der Killer und der Polizist zielen auf ihn und er zwingt sie, die Waffen niederzulegen.

Ich hab meine Geduld zu Hause vergessen! Macht schneller!

Doch dann schießt der Polizist.

Der Obergangster feuert aus zwei Pistolen und trifft den Killer.

»Er wälzt sich am Boden, er kann nichts mehr sehen, er schreit, entschuldige, das hörst du ja, er sieht nichts mehr …«

»Ja«, sagte Sonja, während das Lied wieder begann, das schöne Lied.

»Und jetzt … und jetzt …«, sagte ich.

»Was?«, sagte Sonja. »Was ist? Sag doch!«

»Sie … kriechen beide auf dem Boden, im Hintergrund lodert die Kirche, sie kriechen durch den Dreck, sie ruft nach ihm, hörst du? … Sie rufen ihre Namen, wie … wie du … wie … sie kriechen aufeinander zu … hörst du den Wind …«

»Ja … ja … sprich weiter!«

»Sie … rufen wieder ihre Namen und … und … sie kriechen … sie kriechen, sie suchen sich … sie müssen sich doch finden wegen … wegen … sie wollen nach Amerika … und sie kriechen, Sonja, sie kriechen … aneinander vorbei, sie können sich nicht sehen, sie sehen sich nicht! Sie sind ganz nah, aber sie sehen sich nicht! Sie sehen sich nicht … sie strecken die Arme aus, sie bluten, alle beide, jetzt können sie sich fast berühren, aber … aber … sie robben aneinander vorbei und … und der Killer sieht in seinem weißen schmutzigen Anzug wirklich aus wie eine Robbe … er liegt jetzt da und … und die Sängerin kriecht immer weiter weg von ihm und … ja, er … liegt bloß da … und überall ist Feuer … überall ist Feuer, Sonja, alles brennt, Sonja …«

»Ja, Lukas, ich kann das Feuer hören, ich hör das Feuer und den Wind und das Lied …«

»Ja … ja … und … und der Polizist erschießt jetzt den Obergangster und … und …«

»Psst …«, machte sie. »Psst …«

Aber ich hörte sie nicht, ich hörte, wie der Killer Mundharmonika spielte, und ich sah, wie der Polizist allein zurückblieb, und ich sah, wie die blaue Schrift über die Leinwand lief, und dann fing ein neuer Song an und die Schrift war immer noch blau und ich starrte nach vorn, wo die vier Typen rausrumpelten, und dann stand da plötzlich *The End* und ich glotzte und glotzte, und wenn Sonja mich nicht am Arm genommen hätte, würde ich immer noch da sitzen.

22

Ich kriegte keine Luft. Vorsichtig machte ich einen Schritt von Sonja weg, dann noch einen.

»Wo willst du hin?«, fragte sie.

Verdammte Erschreckung! »Nirgends«, sagte ich.

Wieso trockneten meine Augen nicht in der Hitze?

»Jetzt hab ich einen Strafzettel!«, rief Vanessa. Sie stand vor einem roten Polo.

»Fast«, sagte Sonja, »wär ich verwirrt gewesen in dem ganzen Geballer. Aber dann war alles ganz klar. Auch dank dir.«

Und ich stand da und glaubte fast nicht, dass tatsächlich ich gemeint war.

»Der Polizist«, sagte sie und tockte mit dem Stock auf den Asphalt, »der ist klein und dick und etwa fünfzig, der Killer etwas jünger, groß, schmales Gesicht, weiche Augen …«

»Fast«, sagte ich. Der Polizist war schlank und Mitte dreißig, der Killer auch so, mit einem nicht besonders schmalen Gesicht.

»Kino ist für mich wie für dich ein Buch lesen«, sagte sie.

Ich machte einen Schritt auf sie zu und passte auf, dass sie nicht mitkriegte, wie ich tief Luft holte, bevor ich was sagte.

»Ist was?«, fragte sie plötzlich.

Und ich hätte beinah vergessen auszuatmen.

»Ich möcht dir was zeigen«, sagte ich dann und holte vorsichtshalber noch mal Luft. »Ich weiß aber nicht, ob's funktioniert.«

»Ich muss nach Hause«, sagte sie.

»Es dauert nicht lang, ehrlich nicht.«

»Was willst du mir zeigen?«

»Wir können mit dem Auto hinfahren, ist nicht weit.«

»Lukas, ich hab dir …«

»Nur zeigen, und dann darfst du sofort losfahren, ich schwör's.«

»Was willst du mir zeigen?«

»Ich will dir zeigen, wie echtes Licht schmeckt.«

Vor dem Café saßen Leute an den Tischen, um die wir uns nicht kümmerten. Vanessa hatte ich gefragt, ob es ihr was ausmachte, im Auto zu warten, und sie war einverstanden gewesen.

Ich stellte Sonja auf den Bürgersteig wie eine Madonna mit Brille. Schob sie ein Stück vor, ein Stück zurück, drehte ihren Körper und stellte mich dann neben sie.

»Und jetzt musst du die Brille abnehmen«, sagte ich.

»Nein«, sagte sie.

»Bitte.«

Natürlich glotzte uns jeder an. Einige blieben extra stehen.

»Du musst sie abnehmen, sonst funktioniert es nicht«, sagte ich.

Auf der gegenüberliegenden Straßenseite saß Vanessa in ihrem Auto und rauchte aus dem offenen Fenster.

»Bitte«, sagte ich noch einmal.

Sonja nahm die Brille ab.

»Nirgendwo in der Stadt schmeckt das Licht besser als hier«, sagte ich. »Du musst deinen Mund aufmachen, so, und jetzt lässt du das Licht rein und kaust es. Du kaust jetzt das Licht. Ja?«

Tatsächlich öffnete sie einen Spaltbreit den Mund.

»Genau«, sagte ich. »Und jetzt wart ab.«

Wie aus Gold sahen die Häuser in der Maximilianstraße aus, die Sonne strich sie irgendwie neu um diese Zeit und ich schloss die Augen. Es war nicht ganz dunkel, da war ein rötlicher Schimmer vor meinen Augen, als würde die Abendsonne meine Lider durchdringen.

Ich stand da. Und dachte an meine Mutter und daran, dass ich ihr jetzt etwas zu erzählen hatte.

Das Brummen der Straßenbahn kam näher und verschwand hinter mir. Ich hörte die Stimmen der Spaziergänger, das Klappern von Geschirr, sogar Gezwitscher und ein fernes Singen, das wahrscheinlich aus der Oper auf die Straße drang. Das Licht war warm und irgendwie mächtig und ich dachte, vielleicht bin ich selber gleich aus Gold. Und verdammt gern hätte ich Sonja angeschaut. Aber ich wollte noch warten.

So schmeckt echtes Licht, dachte ich und machte komische Bewegungen mit dem Unterkiefer. Und dachte an unser Essen in dem italienischen Lokal und an den Wein, den weißen Wein.

Und nach einer langen Zeit schlug ich die Augen auf.

Über Sonjas Gesicht liefen Tränen. Und ich sah, dass sie nicht schwarz waren. Sondern hell und normal wie bei mir auch. Sie hatte die Brille in der Hand. Reglos und stumm stand sie da und die Leute gafften sie an, als wäre sie ein verdammtes Unfallopfer auf der Autobahn, und ich konnte mich nicht von der Stelle rühren, ich stand neben ihr wie festgeschweißt in der Sonne.

Wie lange sie weinte, weiß ich nicht. Länger jedenfalls, als ich je einen Menschen habe weinen sehen. Und die ganze Zeit gab sie keinen Laut von sich. Sie stand mit dem Gesicht der wundervollen Sonne zugewandt und gegen die Farbe ihres Gesichts war jedes Gold bloß gelb.

Ich starrte sie an wie eine Erscheinung, und vielleicht war sie das auch.

Und bevor sie dann, irgendwann, ins Auto stieg, küsste sie mich auf die Stirn. Genau in die Mitte. Und dann war sie weg.

23

»Wie siehst du denn aus?«

»Red jetzt, sonst passiert was!«

»Wer hat das getan?«

»Die restlichen Ferien sind für dich gelaufen!«

»Bitte sag was.«

»Mach's Maul auf!«

»Bitte, Lukas.«

»Und? Was ist jetzt? Was? Jetzt heult deine Mutter wieder wegen dir!«

»Was hast du getan, Lukas?«

»Ich hau dir gleich so eine rein, dass du vom Stuhl fällst, verstanden?«

»Ja«, sagte ich, und dann schwieg ich weiter.

Später kam meine Mutter noch mal in mein Zimmer und legte mir die Hand auf die Stirn, als hätte ich Fieber.

Sonst tat sie nichts. Sagte auch nichts. Stundenlang.

Dafür sagte ich plötzlich: »Ich war in der Maximilianstraße.«

Sofort dachte ich: Die Zunge soll mir abfaulen, verdammt.

Doch meine Mutter schwieg.

Das fand ich extrem stark von ihr.

Auch wenn mein Gesicht aussah wie nach einem Boxkampf und mein Rücken, meine Arme und vor allem mein linkes Bein sich anfühlten, als wäre ich mit einem Baseballschläger aus Eisen verprügelt worden, war ich in dieser Nacht in meinem Bett sagenhaft glücklich. Vielleicht war das nicht das richtige Wort, vielleicht müsste ich eher sagen, ich war high. Doch das würde bedeuten, ich wäre auf einem Trip gewesen, und das war ich nicht.

Ich war komplett in der Wirklichkeit. Endlich hatte ich es kapiert. Und zwar wie noch nie war ich in der Wirklichkeit. Und ich wollte auch nie mehr woanders hin. Dass ich die nächsten zwei Wochen Hausarrest hatte, interessierte mich nicht. Auf diese Weise hatte ich genügend Zeit, mich von Beckett zu verabschieden. Erst mal.

24

Ein Blödi nach dem anderen marschierte über den Schulhof, superwichtig alle, und jeder hatte einen Roman auf Lager, den er unbedingt loswerden wollte.

Die Schnepfen waren beim Friseur gewesen, anscheinend alle beim selben. Natalia lachte und Elsa hatte extra eine schwarze Hose angezogen, damit ihr Hintern nicht so auffiel. Fast jeder sah aus, als würde er sich auf das neue Schuljahr freuen.

So wie ich.

»Hi, Alter!«

Ich hatte mich schon gefragt, wo er blieb. Rico war extrem braun.

»Hallo«, sagte ich.

»Kampf gehabt?« Er zeigte auf mein verbogenes buntes Gesicht.

»Kleiner Unfall«, sagte ich.

»Was hast du angestellt? Ich hab mal bei dir angerufen und dein Alter hat mich gefragt, ob ich weiß, wo du steckst. Was war los?«

Ich zuckte mit der Schulter.

»Warst du weg? Wo warst du?«

Er spielte mit seinem Feuerzeug rum und grinste eine Schnepfe an, die gerade vorbeikam und tatsächlich zurückgrinste.

»Also«, sagte er. »Wo warst du? Ist das ein Geheimnis? Wo?«

Ich sagte: »In Hongkong.«

Er starrte mich an.

Ich dachte, eine Wiederholung wäre jetzt angebracht.

»In Hongkong.«

Irgendwie verlor er total die Orientierung.

»Und … und w-wie …«, stotterte er, »… bist du d-da hingekommen?«

»Mit elektrischen Schmetterlingen natürlich«, sagte ich und klopfte ihm auf die Schulter.